KB114105

승소머신
강변호사

승소머신 강변호사 2

가프 장편 소설

초판 1쇄 찍은 날 § 2018년 1월 18일
초판 1쇄 펴낸 날 § 2018년 1월 25일

지은이 § 가프
펴낸이 § 서경석

총괄팀장 § 최하나
편집책임 § 이선근
편집 § 김슬기

펴낸곳 § 도서출판 청어람
등록번호 § 제387-1999-000006호
등록일자 § 1999. 5. 31
어람번호 § 제1-2834호

주소 § 경기도 부천시 부일로 483번길 40 서경B/D 3F (우) 14640
전화 § 032-656-4452 팩스 § 032-656-4453
http://www.chungeoram.com
E-mail § chungeorambook@daum.net

ISBN 979-11-04-91612-0 04810
ISBN 979-11-04-91610-6 (세트)

승소머신
강변호사

가프 장편소설

② FUSION FANTASTIC STORY

도서출판 청어람

승소머신
강변호사

Contents

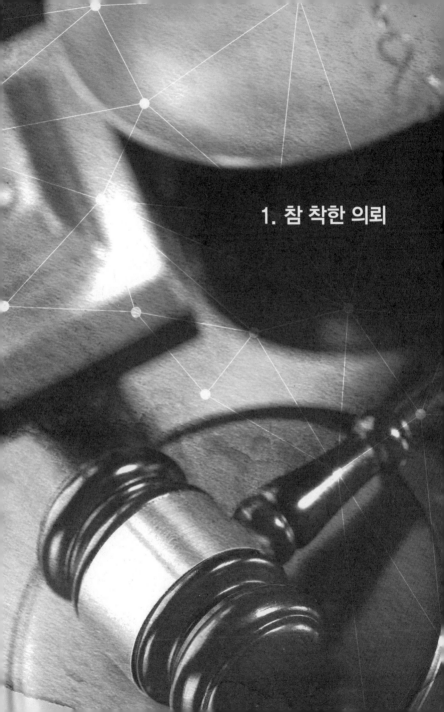

1. 참 착한 의뢰

봉투 안에는 3억이 들어 있었다.

"이건 못 받습니다."

창규가 봉투를 밀어냈다.

"받아주세요. 백골이지만 아들이 돌아왔잖아요?"

"그때 사장님이 원한 건 살아 있는 아들이었지요."

"하지만……."

"마음을 표현하고 싶다면 다른 걸 부탁드리겠습니다."

"다른 거?"

"제 사무실, 곧 임대 만기 아닙니까?"

"그렇죠."

"죄송하지만 자리를 좀 옮겨주셨으면……."

"자리요? 하긴 요즘 강 변호사님이 좀 뜨셨죠? 일감도 많이 밀려든다고 하던데……."

"떠서가 아니라… 여긴 원래 빌딩 물품 보관실에 청소 아줌마들 쉼터 아니었습니까?"

"……."

"딱히 어려우시다면 그냥 재계약도……."

그쯤에서 슬쩍 선택권을 주었다. 칼자루는 마금자의 손에 들린 것. 한 건 해결했다고 목에 힘을 주면 그녀의 기분이 상할 수 있었다.

"하지만 사무실이 재정리되어서 다른 호실들은 여기보다 평수가 큰데……."

선뜻 거절하지 않는 마금자. 마음이 흔들린다는 방증이었다.

"그건 괜찮습니다."

"하긴 이제 일도 잘되시니까……."

"잘되는 건 아니지만 열심히 한번 해보려고요. 아실지도 모르지만 그동안 서러움 많이 받았거든요."

"저도 그중 한 사람이었어요."

"여사님이야……."

"알았어요. 이 봉투 먼저 받으시면 그 문제를 생각해 볼게요."

"사장님."

"아들을 위한 일입니다. 이거 안 받으시면 이 사무실도 재계약 안 하렵니다. 내가 강 변호사님 얼굴 어떻게 보고 살겠어요."

"정 그러시다면……."

"고마워요. 임대 문제는 내가 알아서 할 테니까 퇴근하세요."

마금자가 일어섰다. 발길이 가뜬하다. 사무실 문제는 잘 해결될 것 같은 예감이 들었다.

3억에 플러스 알파.

마금자 건으로 얻은 소득이었다. 이 건은 홍태리 소송의 파편으로 얻어낸 결과. 덤으로 얻은 반사이익치고는 꽤 짭짤했다. 윤여도 회장 건과 홍태리 건에 이어 3연타석 홈런이 된 것이다. 창규는 마금자가 놓고 간 봉투를 집었다. 원래는 1억 기부를 생각했던 창규. 이렇게 되고 보니 3억을 내는 것이 운명처럼 느껴졌다.

'기부에 쪼잔하지 말자.'

창규는 봉투 안에 든 숫자를 잊기로 했다.

한 시간이 흘렀다.

보고서를 살펴보던 창규 시선이 멈췄다. 주저 없이 인쇄 버튼을 눌렀다.

지잉!

사건 내용 하나가 출력되었다. 창규는 노트북을 파워 Off 시켰다. 창규가 검토한 건 수많은 수임 희망 메모였다. 검색어 상위에 오르면서 쓰나미처럼 걸려왔던 의뢰 문의 전화. 그중에서 억울한 사건이 뭔가 살펴본 것이다.

─가장 만만하고 돈이 되는 수임 건.

예전 같으면 그런 걸 찾는 게 맞았다. 하지만 그러지 않았다. 지금 창규가 출력한 건 가장 억울한 사건이었다.

─서초동을 다 돌았지만 아무도 거들떠보지도 않은 사건.

─그러나 조모가 목숨을 걸고 손주가 무죄라고 보는 사건.

'진짜 형사사건!'

창규의 전의가 불타올랐다. 혼귀왕들의 다음 수임이 끝나면 이 사건을 맡아볼 생각이었다. 어쩌면 그거야말로 식귀의 능력을 가늠하는 의뢰가 될 것 같았다.

'내일 보자.'

딸깍!

막 벽의 스위치를 내렸을 때였다. 갑자기 사무실 문이 거칠게 열렸다.

"육 변호사님?"

창규가 고개를 돌렸다. 입구에서 창규를 노려보는 인간, 2호 사무실의 맹주 육경욱이었다.

"너 이 자식!"

흥분한 육경욱이 다짜고짜 창규 멱살을 쥐었다.

"왜 이러십니까?"

"몰라서 물어?"

육경욱이 힘으로 밀었다. 하지만 당할 창규가 아니었다. 슬쩍 발을 빼면서 육경욱을 밀어냈다.

"너!"

다시 달려드는 육경욱의 발을 걸었다. 그는 복도에 철퍼덕 나자빠지고 말았다.

"낮술 드셨습니까? 갑자기 왜 이러는 겁니까?"

창규가 물었다.

"닥쳐, 대체 마 여사에게 무슨 모함을 한 거야? 무슨 수작을 부렸길래 마 여사가 내 사무실을 빼라고 하냐고?"

"……!"

마 여사가 육경욱의 사무실을?

"바른 대로 말해. 아니면 내가 그냥 안 둘 테니까."

씩씩거리는 육경욱을 보고서야 사태를 알게 되었다. 마금자 여사가 벌써 '알아서' 조치를 취한 모양이었다.

"육 변호사님 사무실 빼라는 걸 왜 나한테 시비입니까? 마

여사에게 물어보지 않고."

"야, 내가 모를 줄 알아? 너 마 여사 아들 시체 찾아주고 내 뒤통수친 거지? 아니야?"

"시체가 뭡니까? 망자에 대한 예우 좀 하시죠."

"닥쳐!"

육경욱이 주먹을 날렸다. 그러나 그 주먹은 창규의 턱에 닿지 못했다. 창규가 낚아채 버린 것이다.

"검사 출신이신데 체통 좀 지킵시다. 수사하실 때 피의자들도 이렇게 대했습니까?"

"뭐야?"

"임대차 계약법도 모릅니까? 만기가 되어 나가라면 나가는 거라면서요? 지난번 제 자리를 차지할 때 누가 그런 말을 했었죠?"

"......!"

창규의 말에 육경욱이 주춤거렸다. 창규를 죽인 범인은 그였다. 임시 개조 한 청소실로 밀려날 때였다. 창규가 신세 한탄을 하자 즐기듯 이죽거렸던 육경욱이었다.

"오냐, 어쨌든 니가 장난질을 친 모양인데 두고 보자. 나 그냥 넘어가지 않는다."

육경욱의 인상이 걸레 씹은 듯 구겨졌다. 바로 그때였다.

'웃?'

창규가 미간을 찡그렸다. 믿기지 않는 기색을 본 것이다. 돌아서는 육경욱의 어깨를 창규가 잡았다.

"놔. 이 자식아!"

흥분한 육경욱이 어깨를 빼며 쏘아보았다.

"육 변호사님······."

마주선 창규의 눈에 우르릉 지진이 일었다.

"아니, 그런데 이 자식이 지금 사람 놀리나? 너 그 표정 뭐야? 뭐냐고?"

폭발하는 육경욱의 볼이 실룩거렸다. 그 실룩거림을 따라 창규의 동공도 울컥거렸다. 보였다. 꿈틀거릴 때마다 좁아졌다 벌어졌다를 반복하는 한 글자.

破! 破! 破!

破!

다시 보아도 그건 혼귀왕의 오더가 분명했다.

"그······."

창규의 손이 육경욱의 볼로 향했다. 육경욱이 거칠게 손을 쳐냈다.

"너 각오해라. 아주 내가 변호사 짓 못 해먹게 해줄 테니까."

육경욱이 기염을 뿜으며 돌아섰다. 창규는 벽에 기대 후들거리는 어깨를 달랬다. 그래도 진정이 되지 않자 입술을 깨물었다. 아팠다. 착각이 아닌 것이다.

남은 수임 443건.

혼귀와의 거래가 놀며놀며 할 정도로 널널한 건 아니었다. 하지만 이렇게 전격적이라니. 게다가 그 대상이 바로 육경욱이라니…….

"……!"

마음을 진정시키고 나니 수긍이 갔다. 육경욱 부부, 잉꼬부부로 소문 나 있었다. 이 빌딩에서도 그랬고 방송에 나가 스위트 키스를 한 것으로도 유명했다. 모든 것을 가진 사나이 육경욱. 검사 출신 율사에 재력 빵빵한 처가, 거기에 더해 미인으로 소문난 안사람까지. 그래서 이 빌딩 변호사들 사이에서 부러움의 대상이었던 육경욱. 그 육경욱을 혼귀들이 찍었다.

그렇다면…….

그렇다면 결론은 하나.

무늬만 잉꼬?

'하아!'

창규 입에서 깊은 날숨이 나왔다. 그리고 긴장하던 얼굴 근육이 점차 엷은 미소로 풀려갔다.

육경욱.

당신도 무늬만 잉꼬였어?

남 앞에서만 그럴듯하게 보이는?

푸훗!

그렇단 말이지?

땡큐!

이거야말로 일타쌍피.

미소가 입 전체로 번져갔다. 그렇잖아도 손 한번 봐주고 싶던 인간이었다. 하지만 법정이 아니고서는 대결할 수도 없는 나이들. 그렇기에 이보다 반가운 의뢰가 있을 수 없었다.

'울고 싶은 차에 뺨 때려준다더니 당신 딱 걸린 거야.'

창규는 유유히 2호 사무실 앞을 지나갔다. 사무실이 한 건물이니 서두를 이유도 없었다. 다른 말로 하면 그는 독 안에 든 쥐였다.

찍찍!

울어도 소용없어.

부릉!

상생병원장 한윤기.

병원으로 향하며 생각했다. 그는 잘나가는 중견 병원의 경영자이자 심장 내과 분야의 권위자였다. 그들 부부 또한 의료계의 모범 부부로 불렸다. 남편은 의사요, 아내는 간호사 출신 봉사의 천사.

나이는 원장이 9살 많았다. 부부의 아쉬움이라면 아이가 없는 것. 재미나게도 금슬 좋은 부부들은 아이 없는 경우가 많았다.

남편은 병원에서 번 돈으로 외국 어린이들의 목숨을 살리는 인술을 베풀고, 아내는 복지원 등에서 간호 봉사를 하며 어려운 사람들을 돕고 있었다. 한마디로 천사 부부다. 머잖아 아시아의 노벨상으로 불리는 막사이사이상을 공동 수상 할 거라는 말이 나올 정도였다.

"이쪽이에요."

병원에 도착하자 간호부장이 창규를 맞았다. 원장에게서 귀띔을 받은 모양이었다.

"잠깐만 기다리세요. 원장님, 방금 수술 끝났거든요."

간호부장이 회의실 소파를 가리키며 말했다. 응급 심장병 환자가 들어오는 통에 직접 메스를 잡았다는 설명이었다.

원장의 직책을 가진 의사. 다른 심장 전문의가 있음에도 몸을 돌보지 않고 의료를 펼치는 모습이 보기 좋았다.

"아이고, 강 변호사님!"

원장은 수술복을 입은 채로 들어섰다. 겨우 손만 씻은 모습이었다.

"아… 바쁘신데 제가 괜히……."

창규가 엉거주춤 일어섰다. 원장과는 기왕에 얼굴을 익힌 사이였다. 순비의 주치의인 까닭이었다. 실은 부채 의식도 있었다.

안면 덕분에 가벼운 의료사고 소송을 맡았다가 패소했던 것. 그 또한 창규의 실책에 가까운 패소였다. 덕분에 상생병원은 2억 원 가량의 배상을 하게 된 흑역사가 있었다. 하지만 원장은 창규를 탓하지 않았다. 그 인품에 반한 창규였다.

"아닙니다. 오늘이 우리 심장 내과장의 선친 제사라서 부득 제가 나선 거지요. 기다리게 해서 죄송합니다."

"별말씀을… 수술은 잘 끝났나요?"

"예… 다행히 지혈이 잘되는 바람에……."

"원장님 집도 솜씨 때문이겠지요."

"하핫, 이거 오늘은 스케줄이 빡 터지는 날인가 봅니다. 실은 우리 집사람도 불렀어요. 그 사람 인터뷰 같은 건 정색하지만 아는 기자분이 하도 졸라서……."

"원장님 같은 분은 기사화될 자격이 있으시지요."

"아이고, 그런 말씀 마세요. 저는 기사에 관심 없지만 어떤 기자 하나가 하도 떼를 써서……."

"저는 그 기자 편입니다."

창규가 웃었다.

"외국인 아이들 심장병 수술을 돕고 싶다고요?"

"예… 작은 힘이나마……."

"그런데 심장병 수술이라는 게……."

병원장의 시선이 조심스럽게 변했다. 10여 년 가까이 순비의 지병을 돌보고 있는 주치의. 절친한 것까지는 아니지만 창규가 잘나가는 변호사가 아니라는 건 알고 있던 터였다.

"혹시 아시는지 모르지만… 제가 근래 큰 사건을 두어 개 수임했지 뭡니까?"

"아이고, 그렇습니까? 그거 정말 잘됐군요."

원장이 반색을 했다. 병원 일에 바쁜 원장, 윤여도 회장과 홍태리 부부 건을 알지 못하는 모양이었다.

"그래서 저번에 제게 맡겼던 소송 건도 찜찜하고 해서 신세 좀 갚을까 해서요."

"신세랄 게 뭐 있습니까? 그때는 저도 좋은 경험했는걸요."

"원장님."

"말씀은 고맙지만 그게 한두 푼 드는 일도 아니고……."

"알고 있습니다. 한 아이 수술하는 데 수천만 원가량 든다는 거……."

"……."

"우선 3억입니다."

창규가 수표 봉투를 가뜬히 꺼내놓았다.

"3억?"

원장의 눈이 휘둥그레지는 게 보였다.

남을 돕는다는 건 쉽지 않은 일이다. 마음이 있다고 해도 선뜻 1, 2백만 원 내놓기도 쉽지 않다. 그런데 재벌도 아닌 창규가 3억이라니? 그것도 즉석에서…….

"앞으로도 가능하면 계속 후원을 하고 싶습니다. 다만, 이번 건은 제 이름이 아니라……."

창규가 나지막이 속삭였다.

"예?"

놀란 원장이 파뜩 고개를 들었다.

"쥬쟌, 몽달천황, 왕신여제 이름으로 각 1억씩요?"

"그렇게 좀 부탁드립니다."

"쥬쟌, 몽달천황, 왕신여제… 아이디나 닉네임인가요?"

"예? 예……."

"하지만 이런 거액을… 게다가 강 변호사님이 내시면서 왜 굳이 다른 사람 이름으로……?"

"제가 큰 은혜를 받은 분들이거든요. 너무 많이 묻지 마시고요."

창규의 표정은 진지하고 소탈했다. 평소에도 창규의 성품을 아는 터였기에 원장은 뭐라고 토를 달지 못했다.

'쥬쟌과 몽달천황, 그리고 왕신여제!'

쥬쟌은 두둑을 주고 간 아르메니아 청년의 이름. 몽달천황와 왕신여제는 혼귀국의 지도자들. 수입은 창규가 올린 거지만 그 출발은 그들이었다. 두둑이 있고, 두 혼귀왕이 쌍귀를 안겨주었기에 새 출발이 가능했던 것 아닌가? 창규는 그 시작을 잊지 않고 싶었다. 그렇기에 첫째로, 그들에게 보은하는 마음으로 첫 기부를 장식하고 싶었다.

두번째는 보험의 성격도 담았다. 혼귀왕과의 계약서에 은밀하게 욱여넣은 조항들… 언젠가는 알게 될 테니 그에 대한 면피가 될 수도 있는 것이다. 웃는 낯에 침 못 뱉는다지 않는가?

"그렇게 해주시는 거죠?"

"저야 어쨌든 천군만마를 얻은 격이죠. 그렇잖아도 캄보디아와 미얀마에서 사정 딱한 아이들 소식이 건너오는데 아무래도 비용 문제 때문에 선별에 선별을 거듭하는 형편이었거든요. 비용만 해결된다면 나머지는 제 수고만 더하면 되니……."

"그럼 허락하신 걸로 알겠습니다."

"좋습니다. 강 변호사님 인품을 모르는 바도 아니니 기꺼이 받아들이죠. 대신 수혜받는 아이들을 격려할 때는 그분들이 한번 와주셨으면 합니다."

"청해는 보지만 쉽지는 않을 겁니다. 워낙 사람들 앞에 나서는 걸……."

뒷말을 흐렸다. 쥬쟌은 자기 나라로 돌아갔고 두 혼귀왕이야 이런 일에 등장할 리가 없었다.

"이제 보니 참 대단하신 분이로군요. 제 환자 중에도 법조계 고위직부터 대기업 임직원도 많지만 이런 경우는 처음입니다. 결단 내리기가 쉽지 않았을 텐데……."

"원장님이 차린 식탁에 포크 하나 올려놓는 거 같아 부끄러울 뿐입니다."

"시간 괜찮으시면 우리 와이프가 온 후에 같이 식사라도… 그 사람도 내 주머니 털어 봉사다 기부다 숨 쉴 틈도 없이 바쁘거든요. 순비 씨도 같이 부르셔도 무방하고요."

"인터뷰하신다면서요?"

"워낙 와이프가 싫어하는 일이라 간단히 끝내달라고 했습니다. 어떻습니까?"

"아닙니다. 사실 이 건은 아내도 모르는 일이거든요. 그냥 어려운 사람 조금씩 돕겠다는 정도로 말해두었으니 식사는 다음에 본격적으로 기부를 하게 되면……."

"어이쿠, 이러시면 안 되는데… 3억이 뉘 집 개 이름입니까?"

창규가 일어서자 원장이 따라 나왔다. 그때 복도 끝의 현관에 원장의 아내 나지수가 들어섰다. 발레리나의 발걸음처럼 경쾌한 걸음이었다.

"여보!"

원장의 아내가 다가왔다. 멀리서 보아도 이미지가 산소 같은 여자였다. 무려 9살 차이지만 둘은 붕어빵처럼 닮아 보였다. 금슬 좋게 살면 제대로 닮는다더니 맞는 말인 모양이었다.

"여보!"

원장이 두 팔을 벌렸다. 나지수는 그 품에 살포시 안겼다. 안기는 모습도 단아하다. 누구라도 시새워 할 장면이 아니었다.

"자수할게. 오늘 기자가 오기로 했어."

"어머, 인터뷰는 안 한다니까요."

"하도 졸라대길래……."

"취소하세요. 자랑이 심하면 시샘받아요. 우리가 알콩달콩 사는 게 무슨 자랑이라고."

"딱 한 번만, 안 될까?"

"그럼 저 그냥 가요."

"아, 아니야. 내가 취소할게."

원장은 더 떼를 쓰지 않았다. 나지수는 거절하는 모습도 예뻤다. 저런 여자라면 돌부처의 마음도 움직일 것 같았다.

하늘이 내린 천상배필.

그 말에 공감했다. 나지수의 얼굴에는 고운 홍조가 가득했다. 붉은빛이 감도는 벚꽃 잎을 붙인 듯 수려했다.

'참 곱게 늙으셨군.'

거부감이라고는 눈곱만큼도 없는 부부. 그들의 모습에 가식 따위는 흔적도 보이지 않았다. 창규는 흐뭇한 미소를 머금고 돌아섰다. 살면서 진정 닮고 싶은 부부상이었다.

원장은 아내를 위해 손수건을 꺼냈다. 이마에 맺힌 땀을 닦으려는 것이다. 나지수는 그걸 받아 원장의 얼굴부터 먼저 닦아주었다. 그런 다음에야 원장의 손길을 받았다. 이마와 콧등, 그리고 도톰한 볼. 그 손수건이 볼을 지나 턱으로 내려오는 모습이 창규 진행 방향에 걸린 대형 거울에 비쳤다.

"……!"

창규가 걸음을 멈췄다. 거울 속에 뜬 원장 아내 때문이었다. 손수건이 지나간 볼. 그녀의 볼…….

'설마?'

창규는 벼락처럼 돌아보지 않았다. 잔상이라고 생각했다. 육경욱의 잔상이 눈에 남았어. 그렇게 생각하며 눈을 깜빡거렸다.

"……."

그래도 변하지 않았다. 거울 속 원장 아내의 볼. 창규는 떨리는 어깨를 진정시키며 천천히 고개를 돌렸다. 창규를 본 원장이 가볍게 손을 흔들었다. 원장의 아내도 다소곳한 미소를 보인다. 그 볼에 미치도록 선명했다. 이제는 진달래 물빛이라도 들인 듯 입체적인 글자 하나.

破.

창규는 휘청 흔들리며 거울에 기댔다.

"강 변호사님."

놀란 원장이 다가왔다.

"괜찮으세요?"

부축하는 그의 볼에도 불빛이 타올랐다.

破.

천형의 표식처럼 선명한 그 글자. 혼귀들의 수임이 틀림없다는 걸 강조하고 있었다.

破. 破.

육경욱과 한 원장. 더블 수임이 의뢰된 것이다.

탁!

문소리와 함께 원장과 아내는 원장실로 사라졌다. 혼자 남은 창규는 머리가 띵해졌다. 육경욱의 경우에는 쾌재를 불렀었다. 어쩌면 나중에라도 창규가 혼귀왕에게 역제의할 수도 있는 경우였다.

하지만 원장은 아니었다. 지상의 모든 부부가 남들 앞에서 친한 척 위선을 떤다 해도 그들만은 믿었었다. 행동 하나하나마다 우아한 부부애가 묻어나던 사람들. 그런 커플에게 혼귀의 수임이 내려오다니.

'그렇다면?'

창규는 대형 거울을 바라보았다. 그리고 혼자 중얼거렸다.

'내 눈이 썩은 동태 눈알이란 말인가?'

아니면… 창규 멋대로 혼귀들 이름을 팔아 기부를 했다고 내리는 관련자 징벌?

설마…….

그럴 리가?

창규는 넋이 나간 채 한동안 움직이지 못했다.

쪽!

잠든 승하의 볼에 뽀뽀를 했다. 아이 볼에서는 살구향이
났다. 킁킁, 다시 맡아도 아슴한 살구향이 맞았다. 살구…….
기억을 더듬으니 살구나무가 나왔다. 아버지와 살던 집이었
다. 큰 마당에 살구나무가 있었다. 이른 여름이 오면 살구가
오렌지 빛깔로 익었다. 붉은 물이 서린 건 어린 창규 머리에
떨어지기도 했었다. 창규가 울면 아버지가 다가와 살구를 따
주었다. 잘 익은 살구는 부드럽고 달았다.

그 마당에는 골동품이 가득했었다. 장승도 있고, 돌절구도
있고 석상에 더해 묘비석도 있었다. 살구나무와 장승이 매칭
되면 무서웠다.

"괜찮아. 이건 예술이거든."

그때마다 창규를 달래주던 아버지였다.

'살구…….'

서재로 돌아와 두둑을 꺼냈다. 살구나무는 죽었다. 아버지
가 죽은 그다음 해였다. 겨울을 지나면서 저절로 죽은 것이
다. 나무는 아버지를 따라간 걸까?

그 살구나무는 아니지만, 살구나무로 만든 두둑. 다시 생각하니 이렇게 돌고 돌아 창규 앞에 온 건가 싶었다.

투우우, 후우우!

두둑을 불었다. 소리가 났다. 전처럼 구슬픈 소리는 아니었다. 어쩌면 두둑은, 창규의 기분을 반영하고 있는지도 몰랐다.

방 안의 공기가 달라졌다. 창규는 알았다. 왕신여제와 몽달천황이 이미 현신해 있다는 걸. 세상에는 눈에 보이지 않아도 존재하는 것들이 많았다. 창규는 이제 그걸 믿었다.

"오셨습니까?"

빈 벽을 향해 겸손히 인사를 했다. 벽 앞 공기가 아지랑이처럼 아른거리더니 두 형상이 나타났다. 왕신여제와 몽달천황이었다.

"왜 부른 것이냐?"

몽달천황이 물었다.

"죄송합니다."

"뭐가 말이냐?"

"낮에… 두 분의 의향도 묻지 않고 1억씩 기부를 했습니다. 심장병 어린이들을 위해……."

"아, 그거 말이냐? 거 쑥스럽게… 크흠……."

몽달천황과 왕신여제가 헛기침 소리를 냈다. 싫지는 않는 눈치였다.

"용서하시는 겁니까?"

"그게 무슨 대죄라더냐? 우리도 살아생전 뜻깊은 일 한번 못 했는데 변호사 덕분에 면이 서게 생겼구나."

"그런데 왜 한윤기 원장에게 破를?"

"그게 문제가 되느냐?"

"저는 혹시라도 무슨 오해나 노여움 때문에 분풀이를 하시는 걸로⋯ 그것도 아니면 실수로⋯⋯."

"의뢰 건수가 얼마나 된다고 실수를 하겠느냐?"

몽달천황이 잘라 말했다.

"⋯⋯."

말문이 막혔다. 실수가 아니라는 말이었다.

"그렇다면 그들 부부 역시 원앙의 가면을 쓴 부부라는 건가요?"

"당연하지."

"⋯⋯."

"못 믿겠다?"

"그런 건 아니지만 혹시라도⋯⋯."

"우리 고문 변호사, 무지개를 본 적이 있으신가?"

"물론이죠."

"무지개는 어떤 형태지?"

"그야 곡선⋯⋯."

"무지개는 원이라네."

"예?"

"무지개는 제각각의 색을 띄는 원들의 집합이야. 그러나 인간은 그 원의 전체를 보지 못하지."

"……."

"하지만 우리는 다르네. 하늘에서 내려다보면 완전한 원을 이루고 있는 걸 볼 수 있거든."

"아!"

"보이는 것만이 다가 아니라네. 인간의 이중성은 동물 가운데 으뜸인 것이니."

"……."

"오늘 우리 면을 서게 한 건 갸륵한 일이지만 공은 공이요, 사는 사. 그러니 서둘러야 할 것이야. 고문 변호사가 갈 길은 아직 머니."

"그렇게 하죠."

창규의 대답과 함께 혼귀들이 사라졌다. 창규가 벽으로 다가섰다. 방금 전까지 가득하던 스산한 느낌은 흔적조차 없었다.

'한윤기 원장…….'

원장을 떠올리니 그 아내도 부록으로 따라왔다. 상상만 해도 화목하게 떠오르는 두 사람.

'그 부부애가 가식이라……'

많이 꿀꿀했다. 하지만 혼귀들이 겨눈 화살이라면 거둘 수도 없었다.

창규의 시선은 깊어가는 창밖을 향했다. 인간이란 저 어둠 같을 걸까? 그저 까맣게 보이지만 라이트를 들이대면 본 모습이 적나라하게 드러날…….

'체크해 보면 알겠지.'

두 건의 우선순위부터 세웠다. 육경욱과 한윤기. 물론 육경욱이 먼저였다.

육경욱.

검사 출신 변호사.

얼마 전까지만 해도 넘사벽으로 보였던 능력 소유자.

대충 얼개를 짚어보는 것만으로도 짜릿한 긴장이 스쳐갔다.

—검찰 인맥 한 수 위.

—사회 인맥 두 수 위.

—변호사 경력 세 수 위.

—처갓집 능력 열 수 위.

무엇 하나 앞서는 것 없는 창규. 자칫하면 역풍을 맞을 수도 있는 일이었다. 그래도 쫄지 않았다.

그에게는 없고 창규에게는 있는 것.

―쌍식귀!

그에게는 없고 창규에게는 있는 것 하나 더.

―목숨 걸고 임해야 하는 절박함.

두 가지를 등에 업고 선배 대우(?)를 해줄 생각이었다. 아주 확실하게.

오케이, 콜!

창규가 주먹을 불끈 쥐었다. 접수 완료였다.

2. 세상에는
비밀이 너무나 많다

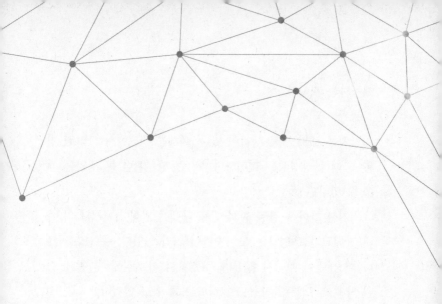

"사무장님, 저 조금 늦을 거 같아서요."

출근 시간, 광화문 네거리로 나온 창규가 사무실에 전화를 걸었다.

"사무실 현판은 일단 찾아다 두세요."

정수라와 통화를 하고 전화를 끊었다.

유료 파킹을 마치고 조금 걸어 새문안교회 쪽으로 향했다. 길 건너편에 해머링 맨이 보였다. 키 22미터에 50톤의 몸무게를 자랑하는 거인이다. 거인도 무위도식은 아니다. 자기 밥값은 하고 있다. 1분 17초마다 한 번씩 망치질을 하며 볼거리를 제공하는 것이다.

쾅쾅!

망치를 보자 법봉 생각이 났다. 이제는 법정에서 사라진 법봉. 그러나 상징성은 여전하다. 저 큰 망치처럼 큰 정의를 세울 수 있다면⋯⋯.

거기서 가까운 한글 학회 건물 앞에서 멈췄다. 육경욱의 아내 장혜교가 운영하는 고미술관이 거기 있었다. 주차장을 보니 흰 세단이 보이지 않았다. 육경욱의 사무실에 몇 번 들렀던 장혜교. 덕분에 창규도 그녀의 차를 알고 있었다.

"우리 집사람은 칼출근입니다. 아침 9시가 되면 차를 몰고 나가지요."

언젠가 육경욱이 방송에서 한 말이었다. 집과의 거리를 고려할 때 장혜교가 도착할 시간이었다. 8분이 지나자 그녀의 흰 세단이 모습을 드러냈다. 창규는 고미술관 입구에 자리를 잡았다.

"관장님!"

20대 중반으로 보이는 여비서가 나와 그녀를 맞이했다. 재벌급 가정에서 자란 장혜교. 조금 해쓱한 표정이지만 옷차림에서 액세서리까지 세련미가 물씬 흘렀다. 그녀의 자태가 한 눈에 들어오자 창규의 비즈니스가 시작되었다. 일단 식귀1부터였다. 리딩을 시작한 것이다.

'식용……'

기본부터 체크했다. 무작위로 튀어나온 것들 중에서 최고의 비중을 차지한 건 야채류였다. 사과와 체리, 샐러리와 허브가 많았다. 건강한 식생활이었다.

'그럼 슬슬 줄을 세워볼까?'

랜덤으로 도열한 먹거리들의 분류에 착수했다.

[식용]

[약용]

[음용]

거기까지 가다가 분류를 멈췄다. 음용 분류에 보이는 먹거리 때문이었다. 술이었다. 물론 재벌가 출신답게 아주 고급졌다.

'술?'

양이 보통이 아니었다. 겉보기에는 백옥 피부를 가진 여자. 얼굴 또한 술과는 멀었다. 그런 그녀가 알고 보니 주당?

'독특하네.'

궁금한 마음에 알코올을 확인했다.

[어제]

가장 최근 것을 택하자 고급 와인 한 잔과 꼬냑 반병이 나
왔다. 곁들여 먹은 안주는 과일과 육포였다. 그러나, 육경욱이
없이 혼자의 몸이었다.

'혼술?'

뒤통수를 살짝 맞은 듯 충격이 왔다. 잘나가는 여자다. 잘
나가는 남편을 두었다. 그 남편과의 금슬 또한 시샘을 살 정
도로 좋았다. 어쩌다 부부 싸움이라도 한 걸까? 아무리 원앙
이라도 일 년 365일 좋을 수는 없는 법이니까.

[일주일]

체크 범위를 넓혔다. 그러자 술의 종류와 양이 10배 이상으
로 늘어났다. 그래도 변하지 않는 게 있었다. 그녀는 여전히
혼자였다.

'흐음!'

이건 문제가 있는데?

창규의 촉각이 슬금슬금 촉수를 뻗기 시작했다.

"내일 뵐게요."

가정부가 돌아가는 인사. 그녀의 음주가 시작되는 신호였

다. 우아하게 배웅한 장혜교는 음악을 튼다. 지정곡으로 흘러나오는 곡은 '죽은 황녀를 위한 파반느'였다.

전주가 나오면 미니 바가 가동된다. 테라스에 푸른 등이 켜진다. 거기서 술을 마신다. 첫 곡이 끝나면 테오도라키스의 '기차는 8시에 떠나네'가 이어진다. 둘 다 애련한 분위기의 노래다. 이따금 안주가 바뀔 뿐 노래는 거의 변하지 않았다.

─죽은 황녀.

─떠나가는 기차.

뭔가 심오한 매치가 될 것 같은 뉘앙스가 풍겼다. 밤 11시가 되면 그녀는 침실로 간다. 그런데 넓은 침실 침대의 베개도 하나뿐이었다.

11시 전에 육경욱의 차가 도착하면 술자리를 끝낸다. 육경욱이 들어오기 전에 침실로 가는 것이다. 육경욱도 그랬다. 집에 들어오면 아내를 보는 게 일이련만 찾는 기색도 없었다. 부부는 서로 얼굴도 보지 않았다.

"으음……."

창규 입에서 가는 신음이 새어나왔다. 동시에 혼귀왕들에게 경애를 아끼지 않았다. 여기까지만 봐도 육경욱 부부는 무늬만 잉꼬였다. 척 봐도 견적이 나오는 사이였다.

사실 이런 부부는 많았다. 이혼을 하자니 그렇고, 그저 남들 앞에서 부부애를 과시하면서 사실은 각자의 삶을 사는 사람들. 육경욱과 장혜교 또한 그런 사람들이라면 그 천재적인 위선과 가면에 혀를 내두를 일이었다.

날마다 혼자 술을 마시는 여자.

남편 모를 고민이 있는 게 아니라면 당연히 남편과의 사이를 의심할 수밖에 없었다.

[일 년]
[십 년]

이성 폴더의 구간을 넓히자 출연자가 나타났다. 창규는 당연히 남자를 주목했다. 어느 한 시기, 장혜교의 옆에 젊은 남자가 보였다. 호빠라도 간 건가 싶었지만 미술관 직원이었다. 술을 마시는 횟수가 늘더니 결국 호텔을 찾았다. 부하 직원과의 교제.

'겉만 수수했지 알고 보니 이 여자…….'

그런데 창규의 속물적 추측은 또 빗나가 버렸다. 침대 위에서 홀로 신난 건 남직원뿐이었다. 그 아래의 장혜교는 아무런 감흥이 없어 보였다. 일탈은 딱 한 번이었다.

"수고했어."

장혜교가 봉투를 주었다. 남직원은 그걸 챙기고 다른 봉투를 내놓았다. 사표였다.

시간을 달리한 후에 또 한 번 그런 일이 반복되었다. 이번에는 우람한 체구의 남직원이었다. 과정과 결과는 비슷했다.
그 역시 딱 한 번의 관계 후에 정리가 되었다.

"우리 그만······."

그 남자와도 봉투를 교환했다.

'이 여자 뭐야? 즐기는 것도 아니고······.'

이후로는 술자리에 남자가 출연하지 않았다. 이성 폴더를
닫았다. 동성 폴더에 여직원들이 보였다. 그냥 건너뛰었다. 여
자의 불륜은 남자가 짝인 법.

리딩하는 사이에 장혜교가 창규의 시야를 벗어났다. 그러
자 창규의 허공에 가득하던 먹거리 영상들이 희미해지기 시
작했다. 분석 대상이 멀어지면 Off가 되는 것이다.

'젠장!'

수임 번호 002.

이제 겨우 마수걸이 한 건을 마친 창규. 남은 건수를 생각
하면 여유를 부리기 어려웠다.

"관장님!"

별수 없이 장혜교를 불렀다. 정식은 아니었지만 청강빌딩에
서 안면을 튼 사이. 창규가 다가오자 장혜교도 걸음을 멈췄다.

"강 변호사님?"

"네, 안녕하세요?"

"여긴 웬일이세요?"

"제가 요즘 골동품이나 미술에 급관심이 생겨서요. 마침 육 선배님 사모님이 고미술 하시는 게 생각나서……."

"그러세요?"

장혜교는 조용한 미소로 화답했다.

"뉴스 봤어요. 이제 제대로 자리 잡으시나 봐요?"

관장실로 자리를 옮긴 장혜교가 운을 떼었다. 그녀도 창규의 대박을 들은 모양이었다. 그리고 다행히 아직은 육경욱이 사무실 계약 건을 발설하지 않은 눈치였다.

"아, 네… 뭐 그래봤자 육 선배님에 비하면……."

"그이야 외화내빈이죠. 실속은 별로 없어요."

"그게 바로 제 경우입니다. 그동안 소위 삽질만 했지 않습니까?"

"그런데 원래 고미술에 관심이 있으셨어요?"

"제 선친께서 고미술 수집상이셨거든요."

"어머, 그랬어요?"

장혜교가 반색을 하자 아버지에게 미안했다. 기억에서 멀어진 아버지를 이렇게 써먹다니.

"어떤 걸 원하시는데요?"

"뭐 딱히 찍은 건 없고요, 그냥 안목도 좀 기르고 하다 보면 마음에 드는 것도 있을까 싶어서 들렀습니다. 마침 이 근처에 사건 수임도 있고 해서……."

"그럼 같이 보실까요? 저도 잘 아는 건 없지만……."

차를 마신 장혜교가 일어섰다. 그사이에도 창규의 쌍식귀는 분주하게 분석과 리딩을 계속하고 있었다.

[신혼]

조금 멀리로 갔다.

육경욱과 장혜교의 신혼여행지는 스페인과 프랑스였다. 지금으로부터 20여 년 전, 지금이야 누구든 마음만 먹으면 12개월 할부 카드를 긁어서라도 갈 수 있는 여행지지만 그때는 달랐다.

프랑스에서의 첫 식사는 달팽이 요리에 고급스러운 와인이었다. 스위트룸으로 돌아와서는 양주를 마셨다. 둘은 그날이 서로의 육체에 대한 첫 '시식'이었다.

[육경욱]

그 보따리를 함께 풀었다.

둘은 중매로 만났다. 처음 만날 날 먹은 건 이태리 요리였다. 장 회장과 함께였다. 거기서 육경욱과의 결혼 과정을 알 수 있었다. 장혜교의 아버지 장달수가 육경욱을 찍었다. 그는 검사에 대해 일종의 존경심까지 가지고 있었다. 그렇기에 집안이 넉넉지 않은 육경욱을 데릴사위식으로 들여앉힌 것이다. 돈의 위력이었다.

연애가 아니었기에 몇 번 만나는 동안에도 뜨겁게 달아오르지 않았다. 남들처럼 일탈도 불가능했다. 장 회장은 엄격했고 장혜교 역시 천상 규수로 불릴 성격이었다.

첫날밤, 둘은 밍밍하게 불을 태웠다. 그저 의례적인 결합이었다. 서로 취한 까닭에 더욱 그랬다. 발단은 다음 날 아침이었다. 늦게야 눈을 뜬 육경욱 눈에 얇은 시스루를 입은 장혜교가 보였다. 남자의 욕망이 굿 모닝 인사를 하며 고개를 들었다.

"일어나야죠? 가이드 올 시간이에요."

잠을 깨우는 그녀의 가슴팍 볼륨이 더 큰 자극을 보탰다. 육경욱은 그녀를 침대로 당겼다.

"싫은데……."

…라고 했지만 육경욱 귀에 들릴 리 없었다. 육경욱은 다급하게 엔진을 점화시켰다.

"……!"

젊기에 가속도도 빨랐다. 이번에는 제대로 해야지. 내가 주인이라는 걸 확인시켜 줘야지. 하지만 육경욱은 알았다. 폭주하고 있는 건 그 자신뿐이라는 것.

"피곤해?"

육경욱이 피스톤 운동을 멈추며 물었다.

"……."

"아님 어디 아파?"

"……."

장혜교는 대답하지 않았다. 그 사이에 육경욱의 화산은 저 홀로 폭발하고 말았다. 장혜교는 말없이 일어나 샤워장으로 향했다.

'뭐야?'

기분이 찝찝했다. 마치 직업여성 위에서 말을 달리거나 혹은 여자가 달아오르기도 전에 끝내 버린 조루의 기분이었다.

'피곤해서 그렇겠지.'

…라고 생각했지만 그것도 아니었다. 그녀의 잠자리 태도는 변하지 않았다. 다음 날도, 그다음 날도. 심지어는 귀국해서 신방까지도 그랬다. 그녀는 그저 육경욱의 몸을 받아주는 목석에 지나지 않았던 것이다.

"내가 마음에 안 들어?"

결국 돌직구를 날리는 육경욱이었다.

"아니에요. 그냥……."

"아니면 내가 만족을 못 시키는 거야?"

"그것도 아니에요."

"그럼 뭐야? 마음에 둔 남자가 있는데 억지로 결혼한 여자처럼……."

"말이 심하세요."

"그러니까 말을 해야지. 왜 그러는지!"

"그냥……."

"……."

"그냥 섹스가 싫어요."

"뭐라고? 다시 말해봐."

"섹스가 싫다고요."

―섹스가 싫어요.

그 말의 줄기를 따라 부부의 섹스 히스토리를 더 체크해 나갔다. 그날 이후부터 변화가 생겼다. 둘의 섹스는 점점 횟수가 줄어들었고 단 한 번도 함께 절정에 달한 날이 없었다.

혹시…….

'장혜교가 불감녀?'

상황을 종합한 창규 뇌리에 불손한 단어가 스쳐갔다.

이혼소송을 맡았을 때 공부한 내용이었다. 사람 중에는 섹스에 무덤덤한 돌부처와 불감녀가 있다.

특용으로 돌아갔다. 거기서 힌트를 잡았다. 그녀가 먹은 약들이었다. 그러나 그건 성욕 증진제라던가 흥분제가 아니라 신경과적인 약물들이었다.

신경과 진료.

단서는 거기서 나왔다. 그녀의 비밀. 장 회장과 그녀만 아는 충격적인 비밀이 거기 있었다. 그녀가 목석녀가 될 수밖에 없었던 비극. 장 회장이 가난한 검사를 데릴사위로 들여앉힌 비밀.

그 비밀은 충격적이되 이혼의 사유가 될 수는 없었다. 다만 이혼의 출발은 될 것으로 보였다. 창규의 리딩은 여직원이 다가오면서 궁극에 도착했다.

[질액]
[여자의 눈물]

장혜교의 특용에 소량이지만 정말 특별한 항목이 들었던 것. 남자라면 몰라도 여자. 그녀가 왜 질액을 먹었단 말인가? 불손한 상상이 나래를 펼 때 그 주인이 도착한 것이다.

"……!"

잠시 창규의 감각이 정지되었다. 인간의 관념이라는 것, 얼마나 보잘것없는가? 세상은 상식만으로 판단할 수 있는 게 아니었다. 놀랍게도!

여직원 손미래.

그녀가 눈물과 질액의 주인이었다.

목석녀인 장혜교.

육경욱과 소원한 대신 사회 활동에 열을 올렸다. 아버지의 후원을 등에 업고 고미술 시장에도 적극 뛰어들었다. 그러나 일이 모든 걸 채워주지는 못했다. 자신의 요철 부위에 움푹 패인 곳. 이따금 그 헐거움을 돌아보는 그녀였다.

남자를 가까이 해보았다. 몸은 여전히 반응하지 않았다. 더구나 남편 이외의 남자들이 원하는 건 단 하나였다. 뜨거운 욕망과 더불어 Money.

플라토닉 러브.

그녀가 바라던 사랑은 신기루였다. 육체관계가 없이도 사랑해 줄 수컷은 지상에 없었던 것이다. 차라리 말동무가 되는 여자를 가까이 하기 시작했다. 손미래 역시 남자에 염증을 느낀 여자.

"남자는 말이지……."

"맞아요. 남자란 동물은……."

주파수가 맞은 둘은 수컷에 대한 비판공세를 높이다 서로 부둥켜안고 울게 되었다.

그때 사고가 났다. 몸이 반응을 해버린 것이다.

더는 자세히 보지 않았다.

동성 연인.

지금은 여직원이 장혜교의 위안이었다. 둘은 그저 닿고 비비고 애무하는 것만으로도 좋았다. 남자와 다른 여자끼리의 위안이었다.

"고맙습니다."

고미술 전시장에서 몇 가지 설명을 들은 창규가 돌아섰다. 대충 감은 잡았다. 이제는 육경욱을 체크할 차례였다. 누구의 편에 서야 할지는 그때 결정할 일이었다.

'응?'

전시장을 나가던 창규가 걸음을 멈췄다. 낡은 백자 항아리 앞이었다. 신기하게도 사무실에 있는 것과 같았다.

'이, 이것……'

자신도 모르게 손이 나갔다. 그 백자 항아리……. 본 적이 있었다. 아버지가 들고 들어온 날 굉장히 귀한 거라면 좋아했었다. 어머니에게 선물한 백자 항아리 옆에 두었었다. 그 항아리에는 세 마리의 학이 날았고 이 항아리에는 소나무가 세 그루 있었던 것이다.

"백자에 관심 있으세요?"

그새 다가온 장혜교가 물었다.

"이거… 관장님이 구매한 건가요?"

"아뇨. 아버지가 가지고 계시던 거예요."

"아버지?"

"오래전에 다른 분에게 선물로 받은 거라고 들었어요."

"그렇군요… 사진 한 장 찍어도 될까요?"

"뭐, 원래는 안 되지만 강 변호사님은……."

"고맙습니다."

찰칵!

사진을 찍고 나왔다. 고미술관을 나온 창규가 입구에서 다시 돌아보았다. 어쩐지 등 뒤에 아버지가 서 있는 것만 같았다. 기억에 불과하지만 그 항아리는 아버지의 것이 분명했다.

'일단 비즈니스부터.'

생각을 오롯이 정리했다.

―장혜교.

―현재 상황, 체면상 가정 유지.

―이혼 사유1, 두 남자와 육체관계.

―이혼 사유2, 동성과 육체, 정신적 관계 중.

입맛이 개운하지 않지만 무소득은 아니었다.

'육경욱…….'

창규의 눈은 이제 육경욱을 조준하고 있었다.

호랑이도 제 말하면 온다더니.

육경욱이 그랬다. 창규가 수고를 할 필요도 없었다. 그가 주차장에서 창규를 기다린 것이다.

"강 변."

세단에 기대 커피를 마시던 그가 손을 들어 보였다.

흐음.

슬슬 시작해 볼까?

부르는 사람을 무시하는 것은 예의에 어긋나는 일. 창규는 손가락으로 차 키를 돌리며 육경욱에게로 다가섰다. 한 걸음씩 걸을 때마다 쌍식귀를 발현시켰다. 일단은 장혜교와 관련된 먹거리에 대한 검증이었다.

[첫 만남]

이태리 요리.

오케이.

[신혼여행]

달팽이 요리.

오케이.

달팽이 요리와 양주의 기록을 살피니 첫날밤이 나왔다. 육경욱의 기록은 장혜교와 달랐다. 먹은 사람의 생각이 다른 것이다.

첫날밤부터 그랬다. 술로 달린 두 사람이었다. 장혜교는 술을 먹고 잘 생각이었지만 육경욱은 질펀한 첫날밤을 노리고 있었다.

"첫날밤에 여자를 녹이는 법."

선배 검사들에게 들은 조언도 잊지 않았다. 젊은 검사가 들은 조언은 아주 심플했다.

─관계 후에 거시기를 찬물로 씻을 것.

오직 찬물!

정자는 체온보다 낮은 온도에서 잘 생산된다는 이론이 반영된 것으로 보였다.

교제 후에 처음으로 소유하게 될 장혜교의 나신. 몸매 또한 나쁘지 않았기에 벼르던 육경욱이었다. 하지만 역시 너무 달렸다. 오랜 기대감 때문인지, 술에 뻗은 장혜교 때문인지 생각대로 즐기기 못했다.

"일어나요. 가이드 올 시간이에요."

첫 아침, 그녀가 잠을 깨웠을 때 사실 육경욱은 이미 눈을 뜨고 있었다. 그의 물건 또한 그랬다. 그러나 상대는 부유한 집안의 외동딸. 싸구려 잡지나 영화에서 본 것처럼 터프하게 대시할 수도 없어 궁리하던 차에 그녀가 다가온 것이다. 더는 참을 수 없어 그녀를 당겼다.

"지금은 싫은데……."

그녀의 말은 귀에 들어오지 않았다.

칙칙폭폭!

육경욱은 점점 가속도가 붙지만 장혜교의 반응은 없었다.

'뭐야? 내숭인가? 지금쯤 배배 꼬며 고양이 소리라도 내야 하는 거 아닌가?'

육경욱은 더욱 맹렬하게 공략했다. 그래도 장혜교는 반응무였다.

'젠장, 간밤에 너무 마셨나?'

결국 혼자 절정에 올랐다가 산을 내려온 육경욱이었다.

"피곤해?"

의례적으로 물었다. 육경욱 역시 여자 경험이 많지는 않았기에 개운하지 않았던 것.

"······."

대답 안 해?

내가 너무 빨리 끝낸 건가?

그때만 해도 육경욱은 총각. 사귀는 여자가 없었으니 여체에 대해 알 리 없었다. 선배들의 과시성 발언도 부담이 되었다.

─난 했다 하면 한 시간이야.

─난 더블 헤더에 따따블 헤더도 가능하지.

하지만 오래지 않아 스스로에 대한 자책은 의구심으로 변했다. 그녀는 그저 육경욱의 몸을 받아주는 목석에 지나지 않았다.

'뭐야? 흔한 드라마처럼 좋아하는 남자 따로 두고 결혼한 건가?'

그 생각을 표현한 게 아래의 질문이었다.

"내가 마음에 안 들어?"

"아니에요. 그냥……."

장혜교가 맥없이 나오자 비로소 돌직구가 들어갔다.

"그럼 내가 만족을 못 시키는 거야?"

거기서 육경욱은 기막힌 자백을 듣게 되었다.

"그냥… 섹스가 싫어요."

섹스가 싫어요.

그 말에 대한 육체 실험도 여러 차례 했다. 이렇게도 해보고 저렇게도 해보았다. 그때마다 육경욱이 느낀 건 허탈과 수치심이었다. 반응하지 않는 여자. 그 여자를 붙잡고 온갖 체위를 시도하는 남자.

이게 무슨 짓인가?

이혼!

그 단어를 백 번도 더 생각했다. 하지만 입 밖에 낼 수 없었다. 육경욱의 집안을 살려준 사람, 바로 장 회장이었다. 사지(四知)사건 잘못 맡아 옷을 벗게 될 위기에 몰렸을 때도 장 회장의 도움으로 화를 면했다. 의욕으로 밀어붙이다 권력에게 뒤통수를 맞은 건이라 변호사 자격까지 날아갈 판이었다.

사지사건이라는 게 그랬다. 사지는 하늘과 땅, 준 사람과 먹은 사람만 안다는 뇌물수수사건을 칭한다. 권력이 관여된 일을 가볍게 보았다가 작살날 뻔했던 일이었다.

"아버지 살아계실 동안만 이렇게 살아요."

고민하던 육경욱에게 장혜교가 답을 내주었다.

—아버지가 있는 동안만.

—이렇게 친한 부부인 척.

육경욱에게는 차라리 합리적인 제의였다.

확인이 끝나자 식귀2의 시야를 열었다. 다른 거 다 차치하고 이성 카테고리부터 체크했다. 이혼에 있어 이성 문제만큼 직빵은 없었다.

[이성 관계]

옵션을 넣자 20여 명의 여자가 나왔다.

20명.

적지 않은 숫자였다. 대부분은 결혼 이후의 여자들이었다. 숫자가 많아 조금 추려내기로 했다.

[5년 이내]

옵션을 넣자 많은 여자들이 지워졌다. 창규 눈에 남은 건 네 여자였다.

[최근 1년]

다시 정리하자 한 여자가 남았다. 생각보다 미녀는 아니었다. 나이는 30대 초반에 몸매는 통통, 장혜교와는 반대 이미지의 여자였다.

이제 육경욱과의 거리는 몇 걸음이 남았다.

[가장 최근]

창규는 서둘렀다. 그러자 한우 등심 구이가 나왔다. 남해의 시원한 별장 뒤뜰이었다. 네 사람이 있었다. 가정부로 있는 50대 초반의 중국 동포 아줌마와 여자, 그리고 다섯 살쯤 된 남자아이. 고기를 먹던 아이 입에서 놀라운 말이 튀어나왔다.

"아빠!"

'아빠?'

단 한 마디에 창규 몸의 모든 세포가 꿈틀거렸다.

"아빠랑 날마다 같이 살면 좋겠어요."

아이가 환하게 웃었다. 육경욱은 그 입에 등심 한 조각을 넣어주었다. 장혜교에게는 한 번도 보여주지 않은 사랑 가득한 표정이었다.

푸헐!

창규는 걸음을 멈추고 말았다. 여자의 기원을 따라갔다. 그녀와의 만남은 고급 요정이었다. 요정의 마담과 친했다.

'이 여자……'

기시감이 들자 다른 파일을 열었다. 마담이 거기 있었다. 마담 역시 육경욱과 관계가 있었다. 놀랍게도 검찰청 검사실이었다. 불법 영업에 미성년자 성매매 건으로 불려온 피의자였다.

마담이 토요일에 불려옴으로써 담당 계장이 없던 찰라. 당시 서른하나에 불과한 섹시 발산 마담은 아내와의 잠자리가 신통치 않던 육경욱의 육욕에 불을 질러 버렸다. 둘은 과감하게도 검찰청 안에서 불탔다. 마담은 당연히 기소되지 않았다.

이후 육경욱은 마담 요정의 단골손님이 되었다. 마담은 자신의 주제를 알았다. 입이 무거운 아가씨들을 골라 상납을 했다. 이후로 마담은 단 한 번도 단속에 걸리지 않았다.

지금 여자가 세 번째 상납녀였다. 육경욱은 여자를 오래 사귀지 않았다. 하지만 이 여자는 달랐다. 섹시한 몸매가 아니면서도 육경욱의 마음을 끌었다. 무엇보다 같이 있는 것만으로도 편안한 육경욱이었다.

'상전 같은 마누라보다야 백배 낫지. 내 마음대로 할 수도 있고……'

육경욱의 포지션이었다.

푸헐!

게임 오버.

둘 중 하나를 선택하라면 당연히 장혜교 쪽이었다. 이제 첨언하지만 따지고 보면 장혜교는 희생자였다. 중학교 1학년 시절, 학원 화장실에서 치한의 몹쓸 습격을 받았다. 비명을 듣고 달려온 경호원 덕에 미수로 그치긴 했지만 상처와 충격은 엄청났다.

그건 장 회장의 재력으로도 어쩔 수 없는 일이었다. 그래서 섹스만 생각하면 몸이 굳었다. 섹스만 생각하면 넋이 나간 것이다. 그래도 결혼은 해야 했다. 아버지의 뜻이었다. 아버지의 그늘에서 살았던 장혜교는 따를 수밖에 없었다. 아버지는 물론 장혜교의 아픈 과거를 숨겼다. 그리고 기대했다. 힘을 가진 육경욱이 상처 난 딸을 잘 보듬어주기를. 치한 따위가 딸에게 범접할 수 없기를……

아버지가 밀어붙인 결혼.

마음에 없는 남편.

둘 다 그녀가 원한 게 아니었으니 그녀의 동성애는 결코 시빗거리가 될 수 없었다.

그리고 보니 육경욱의 취미가 왜 바다낚시인지 알 것 같았다.

—내연의 처.

—그리고 아들.

금요일 저녁, 이곳으로 오면 적어도 이틀은 자유가 되는 것이다.

더 체크할 것도 없었다. 제아무리 정략적인 부부 생활이라고 해도 이건 결정타 자체였다.

"어이! 얘기 좀 하자니까."

벌거벗긴 줄도 모르는 육경욱이 고개를 들었다. 그는 여전히 자신감이 넘쳐흘렀다. 크흑, 무지막지하게 가엾고 대책 없는 영혼.

"저 기다린 겁니까?"

"사무실 말인데."

"그 얘기라면 저는 할 말이 없는데요?"

"나는 있거든."

"……."

"나 알지? 나 육경욱이야. 육경욱."

"그래서요?"

"그러니까 니가 다른 빌딩으로 옮겨. 어차피 이 빌딩은 머지 않아 내가 인수해서 대형 로펌 전문으로 탈바꿈될 거야."

"장인께서 한 재산 물려주시는 모양이군요."

창규가 빙그레 웃었다.

"이사 비용은 두둑이 챙겨주지."

"나쁜 제안은 아니지만 그보다 더 급한 게 있습니다."

"뭐라고?"

"제가 듣기로는 사모님이 이혼소송을 준비 중이라고 들었는데?"

"뭐야?"

"아직 모르시는군요. 하지만 조만간 아시게 될 겁니다."

"아니, 이 자식이 자다가 봉창을 두드리나?"

핏대를 올리는 육경욱을 바라보며 리딩을 끝냈다. 순간, 문득 스쳐가는 파일 하나에 고개를 들었다. 창규는 닫혀 버린 특용 카테고리를 다시 열었다. 필이 꽂힌 것이다.

"······!"

확인에 들어간 창규의 동공이 굳어버렸다.

'이거······.'

상상을 초월하는 충격적인 사실이 나온 것이다.

3. 파멸의 집행자

　마약이었다. 육경욱의 특별한 섭취물에 마약 파일이 있었다. 아주 작고 미미한 파일이라 재확인이 필요했다.

　마약!

　신세 조지는 쥐약이다.

　한국 땅에서는 누구든 마약에 연관되면 파멸이었다. 법에서도 마약은 엄벌에 처하는 게 관례였던 것이다. 열어보니 딱 두 번이었다. 한 번은 검사 시절이었다. 마약 사범에게서 압수한 마약을 호기심에 맛본 것이다.

　두 번째 역시 그 마약이었다. 그때 빼돌려 둔 마약이었다.

수사관의 말 때문이었다.

"아, 이 새끼들 이거 깔치들에게 먹이고 온갖 난잡한 짓을 다 한 모양입니다. 뭐 좋은 일이라고 동영상까지 박아놨는데 일본 야동 AV는 저리가라더라니까요."

거기에 피의자의 말이 결정타를 날렸다.

"그럼 어쩝니까? 깔치들이 싸가지에 밥 말아 처먹다가도 약 만 한 봉지 먹이면 성감대가 폭발해 바로 야동 찍으려고 덤벼드는데……."

성감대 폭발?

그렇다면 아내도?

육경욱은 마약 봉지를 만지작거렸다. 그리고 한 봉지를 자기 서랍 깊은 곳에 찔러 버렸다. 혹시라도 아내에게 먹이고 부부 관계를 가지면 분위기가 나아질까 싶어 남겨두었던 것.

시기는 오늘로부터 1년하고도 28일 전이었다. 바로 여기 청강빌딩 사무실 안이었다. 큰 소송에서 역기를 들고 온 날이었다. 역기는 검사의 구형과 판사의 선고 형량이 같은 경우의 은어였다. 그것은 곧 변론 실패를 의미했다.

장 회장에게 불려가 깨졌다. 그 건은 장 회장의 소개로 받은 수임. 최선을 다했지만 새로 바뀐 공판 검사의 법리 적용이 귀신같았다. 덕분에 육경욱의 무능이 부각된 재판이었다.

"벌써 배가 불렀나?"

장 회장은 첫마디부터 추상같았다. 정재 관계에 두루 인맥이 넓은 장인. 대한민국에서 손꼽히는 골프장까지 소유한 재력가였다. 지금 호사를 누리는 것도 다 그 덕분. 그렇기에 속절없이 당하고만 온 육경욱이었다.

'한번 볼까?'

창규가 마약의 음용을 따라갔다. 육경욱은 혼자였다. 늦은 밤이었다. 그는 의자에 앉은 채 마약을 먹었다. 압수한 지 꽤 오랜 시간이 지난 마약. 아직 효과가 있는지 확인하는 중이었다.

"흐음……."

육경욱의 동공이 변하고 있었다. 한동안 정신 줄이 외출한 듯 붕 떠 있던 육경욱. 물을 한 잔 마신 후에 혼자 중얼거렸다.

"나도 참을 만큼 참았어. 너희 부녀라면 이제 신물이 나거든. 그렇게 딸을 좋아하니 사이좋게 끝내 드리지."

육경욱의 시선은 마약 봉지에서 떨어지지 않았다.

마약…….

설마?

짜릿한 상상이 창규의 등을 잡아당겼다. 창규는 발길을 돌려 자가용에 올랐다.

"야, 강 변. 너 어딜 튀어? 이리 못 와?"

"잠깐만 기다리시죠. 금방 돌아오겠습니다."

친절한 멘트를 남기고 차를 몰고 나왔다. 한 가지 확인할

게 있었다. 장 회장 부녀. 만약 창규의 상상이 사실이라면, 육경욱은 끝장이었다. 이혼이 문제가 아니라 인생 자체가 아작 나는 것이다.

"사무장님!"

달리면서 직원들에게 긴급 명령을 내렸다. 인간은 말을 믿지 않는다. 증거가 필요했다. 그렇기에 관련 증거 수집 명령이었다.

장혜교에 대한 확인은 오래 걸리지 않았다.

"제가 잠깐 착각을 했나 보네요."

그 한마디를 할 시간이면 충분했다. 광화문으로 돌아간 창규, 핸드폰을 두고 간 것 같다고 쇼를 하는 장혜교의 특용 섭취물을 뒤진 것이다.

[마약]

그리고 바로 패닉에 휩싸였다.

있었다.

그녀의 특용 카테고리에서 조금씩 분량이 늘어나고 있는 마약. 그건 육경욱이 테스트로 먹어본 바로 그것이었다. 양은 나날이 늘고 있었다. 술 때문이었다.

거기서 전모를 알았다. 장혜교가 혼자 술을 마시는 걸 알고 있는 육경욱. 그녀가 병을 따면 그 안에 몰래 섞어놓았다. 한 번에 다 마시지 않는 걸 아는 까닭이었다. 기간은 이미 1년여 전부터 시작되고 있었다. 육경욱이 벼르던 그 밤이었다.

'이런 미친……'

분노가 치밀었다. 부부 사이의 일은 관여할 바가 아니었 다. 이혼은 이제 흔한 일이다. 아직도 많은 사람이 한두 이성 을 만나보고 결혼하기에 이상향이 다를 수도 있었다. 하지만 이건 아니었다. 마약 투약이라니? 그것도 마약을 중대 범죄로 다루던 검사 출신이…….

그래, 마약.

이해할 수 있었다. 첫 번째 시도는.

그 시도는 목적인 아내의 성감대를 찾아보려는 선의(?)라도 있었다. 하지만 두 번째 마약은 말 그대로 범죄였다. 살인을 노리는 게 아니면 무어란 말인가?

일이 되려는 건지 장 회장을 보는 것도 어렵지 않았다. 때 마침 장 회장이 지인과 함께 고미술을 보러 온 까닭이었다.

절호의 기회를 놓칠 창규가 아니었다.

[마약]

리딩의 주제어를 알기에 체크도 어렵지 않았다. 놀랍게도 장 회장의 몸에도 마약 섭취기록이 있었다. 보약과 함께였다. 장인을 위하는 척 보약에 섞어 선물로 보낸 것. 그러나 몇 번 먹다가 그만둬 중독될 양은 아니었다.

장혜교는 장 회장과 담소를 했다.

하하!

호홋!

부녀의 웃음소리가 고미술관에서 흘러나왔다. 기다리는 동안 창규는 백자 항아리를 보았다. 기억은 생물이다. 백자 항아리를 보니 잊었던 아버지 기억이 저절로 살아났다.

루브르 박물관.

대영제국 박물관.

아버지가 자주 말하던 곳이었다. 그런 고미술관을 꾸미고 싶다고 했었다. 외국에서 강탈해 간 문화재들도 죄다 찾아오고 싶다고 했었다. 그 아버지는 이제 없고 항아리만 남았다. 결국 승자는 항아리인 것인가? 엉뚱한 상상에 웃어버리고 마는 창규였다.

디로롱동동!

기다리는 사이에 전화기가 울었다. 사무장이었다.

―변호사님, 증거를 확보했습니다.

정수라의 말이 수화기를 건너왔다.

"핸드폰에다 좀 쏴주시겠어요?"

―벌써 쐈습니다.

"아, 들어오네요."

―올라가는 건 기차로 갈게요.

"아닙니다. 비행기 타고 오세요. 그만한 비용 나오는 수임입니다."

―그래도…….

"고생하셨어요. 비행기 아시죠?"

―알았어요. 대신 상담 끝나면 사무실에 좀 가보세요.

"왜요? 문제가 있나요?"

―사건 의뢰인이 한 분 왔었는데 변호사님을 꼭 뵙고 가겠다고 고집을…….

"상길 씨는요?"

―아까 지시하신 쪽으로 보냈어요. 중간 체크 했더니 사진은 확보되었다고 하더라고요.

"알았어요. 의뢰인은 내가 알아서 할 테니까 비행기 시간 안 맞아서 늦게 도착하면 그냥 퇴근하세요."

주저하는 사무장에게 못을 박아버렸다. 일 처리가 확실한 그녀였다. 돈 십 몇만 원 아낄 일이 아니었다. 직원들은 대우

받는 만큼 일한다. 그건 육경욱의 블랙 변호사들을 보아 잘 알고 있었다. 실무 연수를 빙자한 노가다식 굴려 먹기의 끝은 언제나 비난뿐이었다.

얼마가 지나자 장 회장이 관장실에서 나왔다.

'슬슬 시작해 볼까?'

고미술관 벽의 거울을 보며 넥타이를 바로 맸다. 고객에 대한 예의였다.

"장 관장님."

아버지를 보내고 돌아서는 장혜교의 길을 막았다. 그녀 볼에서 반짝이는 破는 여전히 창규 눈에만 보였다.

"이혼을 하라고요?"

장혜교가 파뜩 시선을 들었다.

"예."

"남편하고요?"

"예."

"강 변호사님께 저희 남편 불륜에 대한 투서가 들어왔다고요?"

"그렇습……."

쫘악!

대답이 끝나기도 전에 뺨에 불꽃이 튀었다.

쫘악!

반대쪽 뺨도 마찬가지였다.

"제가 먼저 때렸으니 폭행죄인가요? 하지만 제 남편의 명예를 훼손했으니 갈음해도 되겠죠?"

장혜교는 검사이자 변호사의 아내답게 잘라 말했다.

"흥분하시는 거 이해합니다."

"이번에 사무실 임대 재계약에서 남편에게 빅 엿을 먹이셨다고요? 그래서 싫은 소리 좀 했다고 하던데 거기에 대한 대응이라면 너무 치졸하지 않을까요?"

"그것과는 상관없는 일입니다."

"그런데 갑자기 왜요?"

"지상의 모든 일은 다 갑자기 일어나는 법이죠."

창규가 핸드폰의 사진을 내밀었다. 남해에서 전송된 육경욱의 내연녀와 그 아들이었다.

"뭐죠?"

"육 선배님의 내연녀와 아들이라는군요."

다음 화면을 밀어주었다. 그것들을 보던 장혜교의 시선이 파르르 흔들렸다. 육경욱의 옷과 신발이 보인 것이다. 주말마다 내려간 육경욱이기에 그 집에는 흔적이 많았다. 심지어는 차도 그랬다. 지난해에 새 차로 바꾸며 팔았다던 흰색 세단이 거기 있었다.

"그 여자 외에도 더 있습니다만……."

"누구죠?"

"예?"

"이 사진 보낸 사람."

"그게 중요한가요?"

"진위를 확인해 봐야겠어요."

"이혼소송을 위임하신다면 현장을 보여 드릴 수 있습니다."

"보낸 사람 말이에요!"

장혜교가 버럭 소리를 질렀다.

"그보다 더 급한 일이 있습니다만."

"더 급한 일?"

"미안하지만 소변 좀 받아주시겠습니까?"

"잇!"

창규의 말과 함께 장혜교의 손이 허공을 갈랐다. 하지만 이번에는 맞지 않았다. 중간에서 손목을 낚아챈 창규였다.

"마약 검사에 필요해서 그렇습니다."

"이 인간이 점점!"

몸부림을 치는 장혜교를 벽으로 밀었다. 그런 다음 불덩이와 얼음의 냉혹함이 배인 눈빛으로 압도했다. 질겁한 장혜교 눈에서 힘이 빠졌다. 그제야 천천히 설명을 곁들였다.

"당신은 이미 마약 중독입니다. 만약 아니라면 저를 진짜 명예훼손으로 고소해도 좋습니다. 사무실 역시 제가 다른 곳으로 물러나 드리지요."

"이봐요."

"제 변호사 자격증을 걸고 말씀드립니다. 대신 제 말이 맞으면 저에게 이혼소송을 위임해 주셔야 합니다."

"이혼이 뉘 집 개 이름인가요?"

"가끔은 개보다 못한 인간도 있는 법입니다."

"이봐요."

"그 마약을 먹게 한 사람… 관장님의 남편인 육 선배입니다."

"뭐라고요?"

"당신이 날마다 마시는 레미 마틴 EXTRA, 그 안에 마약을 탔단 말입니다."

"이 사람이……."

"변호사 자격을 건다고 하지 않았습니까?"

창규의 목소리가 거친 날을 세웠다. 그러자 장혜교의 항변이 그쳤다. 오싹한 카리스마를 느낀 것이다.

"소변과 먹다 남은 꼬냑, 둘을 들고 가서 검사를 받으세요. 마약이 나오면 차분하게 제게 연락하시고……."

"……!"

"수임 계약을 하시면 육 선배의 내연녀 집과 마약의 소재지를 알려 드리겠습니다. 아!"

밀어붙이던 창규가 슬쩍 간격을 두고 말을 이었다.

"미안하지만 마약은 당신 아버지에게도 투약되었습니다. 다행히 당신만큼은 아니지만. 그 과정도 설명해 드리지요."

창규는 꾸벅 인사를 하고 돌아섰다.

"이봐요!"

장혜교가 소리쳤지만 돌아보지 않았다.

"이봐요. 강 변호사, 당신 지금 한 말, 법적으로 책임질 수 있어요?"

"물론이죠. 실은 관장님에 대한 정보도 있거든요. 그러니 신중하게 행동하시기 바랍니다."

"……"

"그럼 더 자세한 건 수임 계약 후에……."

문 앞에서 멈췄던 창규가 복도로 나왔다. 심장이 쫄깃하다는 표현은 누가 했을까? 거침없이 밀어붙일 때 창규의 심장이 그랬다.

쫄깃쫄깃!

확신을 가지고 다그치는 그 기분.

쫄깃쫄깃!

정말이지 카타르시스의 폭발에 다름이 아니었다.

'수임료는 얼마를 책정할까?'

서전은 제대로 장식했다. 시동을 걸면서도 휘파람이 나왔다. 일단은 장혜교의 대응을 보면서 결정하기로 했다.

"변호사님!"

지하 주차장에서 상길을 만났다. 그 역시 자료 조사를 마치고 돌아오는 길이었다. 자료는 물론 육경욱에 관한 것이다.

"사진을 확보했다고?"

"예, 아직 그 요정이 있더라고요."

상길이 디지털카메라를 내밀었다. 망원이 달려 원거리 촬영에 좋은 제품이었다.

"마담이 조금 늦게 출근을 하는 통에 좀 기다렸고… 아쉽게도 정면 사진은 못 찍었습니다."

"아니, 이 정도면 훌륭해."

"다른 아가씨 둘은 그만두었답니다. 한 아가씨는 유학을 갔고 또 한 아가씨는 결혼을……."

"오케이, 수고했어."

창규가 엄지를 세워 보였다. 상길의 일 솜씨도 나쁘지 않았다. 이 또한 창규의 분전 때문이었다. 지난날 창규는 상황을 리드하지 못했다. 사무장에 딸려 가다 보니 직원들도 수동적. 하지만 지금은 달랐다. 상황 전체를 보며 리드를 하니 손발이 들어맞는 것이다.

'육 선배…….'

복도를 걸으며 2호실을 보았다. 대형 평형이라 복도도 길었다. 원래는 서울 지방검찰청 부장검사가 자리를 잡은 사무실이었다. 하지만 육경욱이 그 자리를 차지하면서 후광 프리미엄까지도 누리고 있었다.

"글쎄 이 건은 저희에게 맡겨만 주시면 승소 100% 보장됩니다."

살짝 열린 문 안에서 육경욱의 상담 소리가 흘러나왔다.

100%.

창규가 웃었다. 진짜 100%는 따로 있었다. 그의 운명에 내려진 혼귀들의 선물 破. 100%의 이혼 당첨으로 봐도 좋았다. 그렇잖아도 손을 봐주고 싶던 차. 위선된 주제에 천생연분인양 과시하던 결혼 생활에 파탄이 가까웠다. 아니, 이대로라면 결혼이 아니라 인생 파탄이 될지도 몰랐다.

"변호사님!"

문을 열자 미혜가 눈짓을 했다. 소파 앞의 맨바닥에 앉은 노파 때문이었다.

"안녕하세요?"

창규를 본 노파가 앉은 채로 허리를 숙였다.

"아니, 왜 맨바닥에?"

놀란 창규가 노파를 부축했다.

"괜찮습니다. 손주의 한도 못 풀어준 할망구가 무슨 염치로 저렇게 편안한 소파에 앉겠습니까?"

노파는 창규의 손을 잡고 놓지 않았다.

"앉으라고 아무리 말씀드려도……."

미혜가 울상을 지었다.

"알겠습니다. 알았으니까 일단 소파에 앉으십시오."

"변호사님……."

"아니면 저도 여기 앉아야 하거든요."

창규도 맨바닥에 앉아버렸다. 그제야 노파의 고집이 풀렸다.

"손자가 억울한 누명을 썼다고요?"

창규가 물었다.

"예… 억울하고도 또 억울한 누명이었죠."

"무슨 사건이죠?"

"살인자의 누명을 썼습니다."

살인이라면 형사. 윤 회장의 도박 건도 형사사건이지만 살인과는 차원이 다른 문제였다. 이런 건이라면 형사소송에 경험이 많은 형사 전문 변호사들에게 어울렸다.

"죄송하지만 저는 형사사건에는 경험이 많지 않아서……."

"아이고 변호사님, 그런 말씀 마십시오. 이 할망구 친구 중에 점쟁이 보살이 있는데 변호사님을 찾아가면 손주의 한을 풀 수 있다고 했습니다. 그러니 제발 이 할망구 좀 살려주세요."

"점쟁이요?"

"이제는 다들 한물갔다고 말하지만 그 친구가 한때는 신이

제대로 들렀던 보살입니다. 그러니 제발······."

할머니의 눈은 절절 끓는 불덩이처럼 충혈되어 있었다.

"손자는 지금 구금되어 있나요?"

"웬걸요, 가막소에서 6년이나 형을 살고 나왔습니다."

"만기 출소 했단 말입니까?"

"예."

"그런데 왜 이제 와서?"

"그 사건은 우리 계수가 한 짓이 아닙니다. 당시 형사들이 우리 손주가 어눌하니까 강제로 누명을 씌운 거라고요."

"천천히, 천천히 말씀해 보세요."

"계수가 어릴 때 뇌질환을 앓았는데 집안 형편이 넉넉지 않아 치료를 제때에 못했어요. 그래서 살짝 지적장애인이 되었지요. 그래도 열심히 공장도 다니고 했는데 그날도 좀 어눌한 동네 친구랑 피시방에서 놀다 오다가······."

할머니의 설명이 이어졌다. 요점은 간단히 '누명'이었다.

"손자는 지금 어디 있나요?"

"우리 계수······."

창규의 질문에 돌연 목이 메인 할머니, 참았던 눈물을 왈칵 쏟으며 뒷말을 이었다.

"가막소에서 나온 뒤에 자기에게 누명을 씌운 형사에 검사를 만나고 오더니 그만··· 친구와 함께 동반 자살을······."

"……?"

자살?

창규가 휘청 흔들렸다.

"이렇게 유서 한 장 남기고……."

바로 설 틈도 없이 할머니가 유서를 내밀었다.

할머니, 미안해. 진범을 만났는데도 아무도 우리의 말을 안 믿어. 하지만 장호와 난 사람을 죽이지 않았어. 믿어줘.

"……!"

"변호사님, 제발 부탁입니다. 제가 서른 명도 넘는 변호사를 찾아가고 검사도 찾아갔지만 다들 고개를 저어요. 세상에 변호사가 왜 변호사입니까? 억울한 사람 대변해 주라고 변호사 아닌가요? 전에도 여기 옆 사무실에 들렀었는데 일단 3천만 원부터 가져오면 착수는 해보겠다고……."

'옆 사무실?'

그건 육경욱의 사무실이었다.

"그래서 여기까지 왔었는데 문이 닫혔더군요."

할머니…….

창규가 찌질하던 때에 다녀간 모양이었다.

"물론 돈도 없습니다. 이 늙은이가 암에 걸려 치료를 받다 보니 나라에서 주는 몇 푼도 다 쓰고 있고 가진 건 그저 어머니가 물려준 금비녀와 남편이 끼워준 금가락지뿐……."

할머니는 속곳 깊은 곳에서 작은 주머니를 꺼내놓았다. 안에서 금비녀가 나왔다. 그 위에 반지를 뽑아놓는 할머니였다.

"부탁합니다. 변호사님이 아니면 이 할망구 죽어요. 이렇게 죽으면 저 세상에서도 아들 부부와 손주 얼굴 못 봅니다."

"할머니, 자꾸 이러시면……."

보고 있던 상길이 할머니를 달랬다. 맥없는 손길을 휘저으며 상길을 뿌리치는 할머니. 그걸 보자니 마음이 편치 않았다. 마음속에 표사로 담고 있는 로스쿨 황태승 교수가 떠올랐다. 그는 창규를 신뢰했다. 성적은 다른 학생에 뒤지지만 변호사로서의 인성이 좋다고 했었다. 그의 어록 하나를 생각했다.

—의뢰인의 기분에 묻어가지 마라. 의뢰인은 다 꿀꿀하고 딱한 사정을 가지고 와서 하소연을 한다. 변호사는 그런 감정에 휩쓸려서는 안 된다. 언제고 냉철한 이성으로 사건의 본질을 꿰뚫어 봐야 한다. 그게 진짜 의뢰인을 위하는 길이다.

명언이다.

그런데 그런 말을 하는 그도 정작 재심 전문 변호사 출신이었다. 그는 남들이 다 마다하는 재심사건에 청춘을 바쳤다. 구례 4인조 살인강도사건과 연탄 도매상 살인사건 등의 진범을 밝힌 것도 그였다. 그 자신이 걸어온 길이 지난했기에 제자들에게 주는 경계인지도 몰랐다.

'한번 질러보지 뭐.'

창규는 스승의 명언 앞에서 좌회전을 했다. 본성이라는 거, 그리 쉽게 변하는 게 아니었다.

"할머니!"

결단을 내린 창규가 할머니를 바라보았다.

"예? 변호사님."

"이거 집어넣으세요."

"아이고, 변호사님, 그러지 마시고 제발 좀 부탁합니다. 돈이 모자라면 이 늙은이가 암 치료약을 안 먹고 나라에서 주는 돈 모아서 가져다 드릴게요."

"그게 아니고 이거 집어넣으면 제가 알아봐 드리죠."

"정, 정말입니까?"

"어떻게 될지 장담은 못 합니다. 하지만 최선을 다할 테니 비녀하고 반지는 집어넣으세요."

"아이고, 안 됩니다. 이거라도 받으셔야 제 마음이……"

"그럼 하나씩 나눠 가질까요?"

"그, 그건……"

"할머니께서 금비녀 하시고 저는 반지를 갖겠습니다."

"안 됩니다. 정 그러면 금비녀를 변호사님이……"

할머니는 재빨리 금비녀를 밀어놓았다.

"그렇게 하죠. 그럼 상담실로 갈까요?"

마지못해 금비녀를 챙겼다.

"예, 예……."

할머니는 스프링처럼 일어섰다.

"변호사님."

언제 왔는지 정수라 목소리가 들렸다.

"저도 같이 들어도 될까요?"

"그러면 땡큐죠."

창규가 환하게 웃었다.

—석계수. 당 26세, 강도 치사로 6년 복역 후 출소. 한 달 전 음독자살.

—김장호. 당 25세. 강도 치사로 4년 복역 후 출소. 한 달 전 음독자살.

할머니의 손자 이름은 석계수였다. 사건은 6년 전으로 거슬러 올라갔다. 부슬비가 내린 밤, 석계수와 김장호는 살림방이 딸린 동네 팥빵집을 털었다. 팥빵 맛이 좋기로 소문난 곳이었다. 안쪽 방에서 자던 노인 부부가 나왔다. 팬을 들어 노인 부부를 후려쳤다. 노인들이 쓰러지자 손발을 묶고 입에 테이프를 붙였다. 그리고 방 안의 금품을 털어 달아났다. 테이프를 코 쪽까지 붙이는 바람에 영감이 숨이 막혀 죽었다.

석계수와 김장호는 이틀 후에 잡혔다. 빵 가게 팬에 남은 지문 때문이었다. 둘의 방에서 빵 봉지도 나왔다. 경찰은 둘의 자백을 받아 검찰에 송치했다. 재판 결과 석계수가 주범 격으로 6년, 김장호가 4년을 먹었다.

"억울해요!"

할머니의 손자는 계속 무죄를 주장했다. 빵 가게에 몰래 들어가 빵을 훔쳐온 건 맞지만 문이 열려 있어 호기심에 들어갔을 뿐이라고 했다. 강도나 살인은 하지 않았다고 했다. 경찰은 듣지 않았다. 결정적으로 석계수는 전과(?)가 있었다. 팥빵을 너무 좋아하는 석계수. 예전에 한번 빵 가게에서 팥빵을 만지다 영감에게 혼이 난 적이 있던 것. 경찰은 그 앙심이 범행 동기가 되었다고 주장했다.

할머니와 김장호의 부모가 경찰과 검찰청을 찾아가 애원했지만 변하는 건 없었다. 할머니는 법을 몰랐고 김장호의 아버지는 알코올 의존자였다. 결정적으로 두 집안은 변호사를 살 만한 여력이 없었다. 그렇기에 그저 울고불고 인정에 호소하다 시기를 놓친 것이다.

6년이 흘렀다. 손자가 만기를 채우고 출소했다. 출소한 지 얼마 후, 손자가 이상한 말을 했다.

"할머니, 나 범인 만났어."

"응?"

"진짜 범인 만났다니까."

"범인을 네가 알아?"

"아니, 그 사람이 먼저 말했어."

"응?"

과정은 이랬다. 출소한 후에 김장호를 만난 석계수. 편의점 테이블에서 음료수를 마시고 있었다. 그때 술 취한 40대가 다가와 음료수를 내려놓았다. 모르는 사람이었다. 두 달 하고도 이틀 전이었다.

"석계수? 김장호?"

"그런데요?"

"먹어라."

"이걸 왜요?"

"얌마, 줄 만하니까 주는 거야."

"우린 아저씨를 모르는데요?"

"아무튼 먹어라. 어리바리한 놈들아. 어유, 이 불쌍한 놈들. 이렇게 어리바리하니까 하지도 않은 살인을 했다고 자백하지."

"예?"

"나 원망 마라. 그때부터 얼마 후에 내가 다른 가게 털다가 잡혔잖냐? 하도 쪼아서 그때 일까지 다 말했는데도 믿어주질 않네."

"……"

"하긴 이것도 다 팔자지. 너희들 그 가게서 팬에 손댔냐? 운털린 놈들. 하필이면 우리가 노땅들 골통 깐 걸 집어 들다니. 간다."

남자가 멀어졌다.

뭔가 이상한 석계수, 다음 날 친구와 함께 경찰서를 찾아갔다. 자신들의 사건을 수사한 형사 중에 한 명이 아직도 그 서에 있었다.

"형사 아저씨, 우리가 사건의 진범을 만났어요."

석계수는 진지했지만 돌아온 건 발길질뿐이었다.

"이 또라이 새끼들이 한 바퀴 더 돌았나? 또 처넣기 전에 빨리 꺼져."

청문 담당관을 붙잡고 얘기해도 변하지 않았다. 그들은 어눌한 전과자들을 상대해 줄 용의가 없었다.

"야, 인마, 좀 떨떨한 건 알지만 그것도 한도가 있어야지. 네 눈에는 우리 부장검사님이 네 친구로 보이냐?"

검찰청도 다르지 않았다. 석계수와 장호는 승진한 사건 담당 검사가 지켜보는 가운데 청원경찰들에게 개처럼 끌려 나왔다.

억울함에 모멸감까지 든 두 청년. 결국 목숨을 끊는 것으로 결백함을 항변하려고 했다. 하지만 그 또한 목적을 달성하지 못했다. 할머니의 신고를 받고 형사들이 달려왔지만 그들의 반응은 청년들의 주검에 모욕으로 쌓일 뿐이었다.

"아, 이 븅신 새끼들, 진짜 가지가지하네."

사건을 담당했던 형사의 빈정이었다.
"경찰이 재수사를 하지 않은 모양이군요?"
이야기를 경청한 창규가 물었다.
"재수사는요… 아예 우리 계수를 미친놈 취급했어요."
"어때요?"
창규가 사무장을 돌아보았다. 그녀는 수사통으로 불리던 형사 출신. 경찰 쪽 분위기에 대해서는 창규보다 나을 판이었다.
"할머니, 손자가 지적장애가 있다고 했죠?"
정수라가 할머니에게 물었다.
"예. 큰 문제는 아니지만 조금 그래요."
"처음 사건 발생 때 증거는 뭐라던가요?"
"그게 발자국하고 빵 봉지, 그리고 손주의 키였어요."
"그거 말고 범행에 쓴 도구나 흉기 말이에요."
"그게 지문 나온 팬……."
"손자가 인정해요?"
"아뇨. 하지만 형사들은 인정했다고 했어요. 애가 모자란 척하지만 실은 잔머리의 대가라고."
"조서 과정에는 누가 동석했나요?"

"동석요? 그런 거 없었어요."

할머니가 고개를 저었다.

"역시 그렇군요."

"뭐 짚이는 게 있어요?"

창규가 사무장을 돌아보았다.

"발달장애나 지적장애인들은 신뢰 관계에 있는 사람의 동석이 필요해요. 하지만 현장 수사에서는 잘 지켜지지 않죠. 형사들이 대개 적대적이거든요."

"그럼 조력자 없이 지적장애인들에게 직접 조서를 받는 거로군요?"

"맞아요. 지금은 제도적으로는 경찰과 검찰에 전담 인력이 있지만 현장에서 외면하면 그만이죠. 형사가 이 사람 발달장애가 있는지 몰랐다라고 하면 그만이거든요."

"허얼!"

개판 오 분 후.

이게 국민의 권리를 지켜줘야 할 국가 공권력이 할 일인가? 한마디로 기가 막히고 코가 막히는 일이었다.

"제가 근무할 때도 그런 직원들이 있었어요. 소위 감(感)으로 수사하는 짬밥왕들은 그런 제도는 거들떠보지 않거든요. 게다가 신뢰 관계자가 동석을 하면 그때까지 진행된 수사를 백지화하고 새로 시작하자고 하니까 의도적으로 피하는 거죠."

"그럼 증거가 아니라 자백만으로?"

"맞아요. 윽박지르기로 대충 넘어가는 거예요."

"맞아요. 그때도 우리 손자가 쓴 거 치고는 너무 잘 쓴 진술서를 내밀길래 고개를 갸웃거렸더니 거기 도장 안 찍으면 손자가 무기징역을 살 수도 있다고 해서 도장을 찍었어요."

할머니의 첨언이 이어졌다.

"알겠어요. 할머니. 이 건은 저희가 조사를 착수해 볼게요. 그러니 일단은 집에 돌아가 계세요. 필요한 게 있으면 연락드리든지 찾아가든지 하겠습니다."

사무장이 정리에 나섰다. 사건의 개요는 들었으니 사건 기록과 변론 자료를 모아야 했다.

"그럼 잘 좀 부탁합니다, 변호사님!"

할머니는 신신당부를 한 후에야 복도로 나갔다.

"사건 관련 자료는 제가 준비할게요."

"그래주세요. 저도 당장은 아까 그 건 때문에 바빠서……."

"그거 이혼소송 건인가요?"

"맞아요."

"차량 소유권 보니까 옆 사무실 대표 육경욱 변호사 이름이 있던데 혹시?"

"맞아요."

"변호사님."

"의뢰 결정은 그쪽 사모님이 할 겁니다."

창규가 어깨를 으쓱해 보였다. 그때 창규의 핸드폰이 요란하게 울렸다. 장혜교였다.

─잠깐 만나요.

그녀의 목소리는 단도직입적이었다. 창규는 느긋하게 답했다.

"조금 기다려 주셔야겠습니다. 지금 변론 상담 중이라서."

─여, 여보세……

장혜교가 응수하기도 전에 전화를 끊었다. 쫄깃했다. 칼자루를 잡은 기분이라니. 하지만 들뜨거나 하지는 않았다. 창규는 잠시 널널해진 마음의 나사를 조이며 미혜에게 소리쳤다.

"이혼소송 계약서 한 장 부탁해!"

"3억요?"

장혜교가 고개를 들었다. 사무실에서 가까운 커피전문점 테라스였다. 커피가 나왔지만 서로 거들떠보지 않았다. 창규와 장혜교의 시선은 계약서에 꽂혀 있었다.

"그렇습니다."

창규는 빈틈없는 목소리로, 그러나 친절하게 대답했다.

"이봐요."

"사인을 하시면 바로 진행합니다."

"……"

"……."

창규의 행동에 틈이 없자 장혜교가 펜을 잡았다. 이름을
쓰고 사인을 했다.

"여기도……."

스슥!

"맨 뒷장에도."

스스슥!

"다 끝났으면 착수금 입금을 부탁드립니다. 텔레 뱅킹이나
인터넷 뱅킹은 하고 계시겠죠?"

계약서를 집어든 창규가 말했다. 장혜교는 폭발 직전의 표
정으로 전화기를 들었다.

"확인하세요."

그녀의 말과 동시에 창규가 확인에 들어갔다. 착수금 1억이
꽂혀 있었다.

'빙고!'

쾌재를 불렀지만 표정 관리는 확실히 했다.

"그럼 이제부터 하나씩 맞춰볼까요? 장 관장님이 원하는 걸
말씀하세요. 재산 분할이라든지 위자료 금액이라든지."

"내연녀와 아들, 그리고 마약!"

"……."

"그것도 지금 당장."

"그 문제라면 내일 아침에 들리겠습니다."

"이봐요, 강 변호사님."

"마약은 가깝지만 내연녀의 현장은 멉니다."

"돈을 3억이나 요구하면서 그걸 말이라고 해요?"

장혜교의 미간이 확 구겨졌다.

"말이 아니면요?"

"지금 이혼소송이에요. 내연녀를 봐야 위자료든 재산 분할이든 결정을 할 거 아니에요?"

장혜교의 눈에 불덩어리가 이글거렸다. 석녀로 살아온 그녀. 질투일까 아니면 분노일까? 그도 저도 아니면 육경욱에 대한 인간적인 배신감일까?

"한 가지만 묻겠습니다. 관장님은 정말 몰랐나요?"

"뭐라고요?"

"혹시 감을 잡았으면서도 그냥 넘어간 거 아닌가 해서요. 제가 알아야 혹시라도 법정에 서게 되면 대처할 수 있으니까요."

"그건 알 필요 없어요."

"그렇다면 굳이 지금 당장 가지 않아도 될 것 같군요. 제가 알기로 두 분의 위선적인 부부 생활은 어제 오늘의 일이 아니니까요."

"뭐라고요?"

"이건 참고삼아 드리는 말씀인데 관장님의 몸가짐도 그리

좋은 건 아니었지 않습니까? 남자 직원들, 그리고 현재 곁에 있는 여직원까지."

"이, 이봐요?"

"제게 소송을 위임했으니 제 고객이십니다. 고객의 프라이드를 위해 그 이상은 발설하지 않겠습니다."

"지금 무슨 소리를!"

"민우 씨, 태랑 씨, 그리고 선유리 씨 일 말입니다. 그들과 함께 간 발해호텔과 로즈아파트 806호……."

"……"

"헛소리가 아니라는 언질까지만 하지요. 그럼 내일 아침에 뵙겠습니다."

창규가 자리에서 일어섰다. 장혜교의 입술에 지진이 일었지만 뭐라고 말을 토하지 못했다. 자신의 비밀까지 아는 변호사. 이어질 말을 감당할 자신이 없는 그녀였다.

"아, 이건 노파심에 말씀드리는데……."

장혜교를 돌아본 창규가 남은 말을 이었다.

"저는 관장님 편입니다. 왜냐면 저와 계약을 했으니까요."

"……"

"그리고… 술은 드시지 마세요. 그러나 죽어도 마셔야겠다면 새 병을 따서 먹기 바랍니다."

"……"

금세라도 터질 듯한 장혜교를 두고 창규는 멀어졌다. 그 모습이 다 사라지기 전에 장혜교는 손바닥으로 테이블을 내려쳤다. 그렇게라도 하지 않으면 폭발할 것 같은 그녀였다.

머리가 복잡했다.

심장이 터질 것 같았다.

하지만 어쩔 수 없었다. 창규는 정말 칼자루를 잡고 있었다. 그것도 시퍼렇게 날이 선…….

"출발할까요?"

다음 날 아침, 고미술관 앞에서 상길이 운전대를 잡으며 물었다. 창규의 차량 뒤에는 장혜교의 세단이 붙어 있었다.

"오케이. 석계수 자료 가져왔지?"

"예, 거기 봉투에……."

상길의 시선이 봉투에 닿았다.

"출발합니다. 천천히 따라오세요."

창규가 전화를 걸었다. 수신자는 물론 장혜교였다. 차가 도로로 내려서기 전, 고미술관 앞에 나온 여직원 선유리가 보였다. 걱정스러운 표정이다. 장혜교가 발설을 한 걸까? 아니면 스페셜한 관계답게 안색만으로 관장의 마음을 파악한 걸까?

'쩝!'

쓸쓸한 미소가 흘렀다. 지상에서 가장 행복한 부부. 단 한

번의 부부 싸움도 하지 않은 부부. 출장길의 차량 보드에 아내 사진을 놓는 남편. 속상할 때도 남편만 생각하면 힘이 솟는 아내.

그러나 실상은 무늬만 부부.

남편은 주말 낚시를 핑계로 남해 별장에 내연녀를 심어두고 아이까지 낳은 상황. 아내는 고미술관 남자 직원들을 지나 여직원과 동성애 관계.

어쩌면 지상에서 가장 행복한 연분이 아니라 결혼의 존엄을 가장 신랄하게 짓밟는 부부가 그들이 아닐까 싶었다.

서류를 넘겼다. 시간순으로 정리가 잘된 서류였다.

'역시 정수라 사무장.'

그녀의 추진력은 기가 막힐 정도였다. 흐뭇한 마음에 석계수의 사건 기록을 검토했다. 재심사 건. 한마디로 어려운 일이었다. 이미 확정된 형에 복역까지 마친 사건. 당사자가 죽은 사건. 시간까지 흘렀기에 증거의 재창출도 쉽지 않을 판이었다.

재심의 근거는 형사소송법 제420조 5항에 따른다.

─유죄의 선고를 받은 자에 대해 무죄 또는 면소, 형의 선고를 받은 자에 대해 형의 면제 또는 원판결이 인정한 죄보다 경한 죄를 인정할 명백한 증거가 새로 발견된 때 재심을 청구할 수 있다.

명백한 증거의 새로운 발견.

말하자면 이게 포인트였다. 일단 할머니의 입장에서는 그게 옳았다. 석계수는 억울하게 형을 살았다. 그러다 출소 후에 진짜 범인을 만났다. 범인은 다른 범죄로 잡혀와 조사를 받는 과정에서 빵 가게 살인 범행을 인정했다.

진범의 출현.

그걸 증명할 수 있다면 당연히, 석계수의 재심은 성공할 수 있었다.

문제는 간단하지 않았다. 석계수의 자살. 진범을 보고 들은 건 석계수와 친구인데 둘 다 동반 자살을 해버렸다. 진범 증명부터 어려울 일이었다. 게다가 당사자가 죽었으니 관련 수사관들이 소극적이거나 오리발을 내밀 건 두말할 필요도 없었다.

석계수의 조서 사본을 보았다. 조서가 많이 본 스타일이었다. 할머니의 말에 의하면 석계수는 지능이 약간 떨어지는 편. 그러나 조서만 봐서는 논리적인 정상인으로 보였다.

"사무장님이 당시 현장검증 동영상을 구해보겠다고 했습니다."

운전하던 상길이 창규의 가려운 곳을 긁어주었다. 상길의 센스도 보통은 아니었다.

"오케이."

쿨하게 답하고 서류를 내려놓았다. 당장은 뒤에 오는 고객

건이 우선이었다. 돈이 문제가 아니라 차례가 그랬다.

먼 시야로 바다가 보였다. 배도 보였다.

"어떻게 접근할까요?"

내연녀의 별장이 가까워지자 상길이 물었다.

"어렵게 생각할 거 없어."

"예?"

"상길 씨 아직 미혼이지?"

"예……."

"부부는 말이야, 비록 서로 좋아하는 사이가 아니더라도 촉이라는 게 있어. 이 여자가 내 남편과 바람피우는 사이인지, 저놈팽이가 내 여자랑 붙어먹는 사이인지 보기만 해도 감이 와."

"정말요?"

"두고 보라고. 게다가 거긴 육경욱의 잔해들이 많이 널려 있거든. 그걸 보고도 모르면 정말 부부도 아니지."

"아, 예……. 소위 촉이라는 거군요."

별장이 가까운 방파제 앞에 파킹을 했다. 장혜교의 차도 뒤따라 멈췄다. 바다로 내려가는 길에 들국화가 소담하게 흔들렸다.

"저깁니다."

창규가 별장을 가리켰다. 육지가 부드럽게 끊기는 땅끝, 그 위에 아담하고 호젓하게 자리한 별장이었다.

"사모님요?"

창규 일행을 맞은 건 중국 교포 가정부였다.

"예, 안 계신가요?"

"지금 애 데리러 유치원 갔는데… 누구신지?"

"서울에서 왔습니다. 언제 돌아오죠?"

질문은 상길이 맡고 있었다.

"곧 올 거예요. 기다리실 거면 저기 테이블에……."

가정부가 파라솔을 가리켰다. 그 파라솔 위로 가지런히 놓인 선글라스가 보였다. 장혜교가 집어들었다. 미간이 구겨졌다. 아는 물건인 모양이었다. 장혜교는 거침없이 거실로 향했다.

"이봐요."

가정부의 싫은 내색이 완연하지만 멈추지 않았다. 그녀가 선 곳은 골프 가방 앞이었다. 지퍼를 열어 골프채를 꺼냈다. 골프채에는 육경욱의 사인 표식이 선명했다. 가방을 밀어 엉망으로 만들어 버리는 장혜교.

"이봐요, 누구신데 함부로……."

장혜가 악이라도 쓸 것 같은 무렵, 창 너머로 세단이 시야에 들어왔다.

"……!"

장혜교의 동공에 지진이 일었다. 그 차였다. 남편이 차를 바꾸기 전까지 타던 차. 남편은 최근 들어 차를 자주 바꿨다. 1, 2년 타면 차를 교체하는 남편이었다. 그 이유가 눈앞에서 달려오고 있었다.

끼익!

차가 멈추자 다섯 살 꼬마가 깡총 뛰어내렸다. 내연녀도 뒤따라 내렸다.

"아저씨들 누구세요? 아줌마도?"

꼬마가 창규를 바라볼 때였다. 장혜교가 대뜸 여자 쪽으로 걸어갔다.

"관장님!"

창규가 장혜교를 불렀다. 이런 경우라면 십중팔구 따귀를 후려친다. 그러나 그건 불륜자들에게 바람직한 태도가 아니었다. 자칫하면 고소를 당할 수 있기 때문이었다.

다행히 창규의 예상은 보기 좋게 빗나갔다. 장혜교는 따귀를 때리지 않았다. 그래도 비명은 바다를 울렸다.

"까악!"

놀랍게도 장혜교가 여자의 원피스를 들어 올린 것이다. 내연녀의 하얀 속옷이 적나라하게 드러났다. 내연녀가 움츠리자 이번에는 아예 원피스를 찢어버렸다. 앞단이 다 뜯긴 내연녀의 브래지어가 뽀얀 모습을 드러냈다.

"당신……."

내연녀의 안색이 창백하게 변했다. 그녀는 장혜교를 아는 눈치였다.

"너 나 알지?"

장혜교가 선빵을 날렸다.

"……"

"별것도 아니네. 난 또 보기만 해도 매력이 철철 넘치는 가슴과 둔덕을 가진 줄 알았잖아."

"……"

"꺼져. 역겨우니까."

장혜교가 여자를 밀었다. 아이가 울음을 터뜨리며 내연녀 품에 안겼다.

"아저씨들 왜 이런데요? 경찰 부를 거예요."

가정부가 아이 옆에서 소리쳤다.

"됐어요. 가요."

장혜교가 돌아섰다. 그래도 배운 여자다웠다. 따귀를 치고 머리채를 잡고, 이년아, 내가 육경욱 마누라다 같은 삼류 신파는 연출하지 않은 것이다.

"상길 씨."

창규가 신호를 보냈다. 그러자 상길이 장혜교에게 청심환 한 알을 내밀었다.

"드시고 가시죠. 운전하셔야 하니……"

장혜교는 청심환을 받더니 바닥에 던지고 마구 짓밟았다. 내연녀에게 못한 분풀이인 것 같았다. 창규가 웃었다. 목적은 달성이었다. 어쨌든 스트레스는 조금 풀어준 셈. 고객 서비스를 제대로 한 것이다.

"다음은 마약 확인이죠?"

선글라스를 쓴 장혜교가 물었다.

"그렇습니다."

"가요."

"알겠습니다."

창규가 공손히 대답했다. 의뢰인은 갑이므로!

"이제 본격 선전포고에 들어가는 건가요?"

운전대를 잡은 상길이 물었다.

"의뢰인 기세가 그렇지 않겠어?"

"그런데 이번 의뢰……."

"왜?"

"소송 의뢰인은 장혜교 씨인데 상황을 보면 제삼자가 있는 거 같아서요."

상길은 눈치가 빨랐다. 장혜교가 의뢰인이라면 지금 보고 들은 건 다 알고 있어야 할 일. 그런데 돌아가는 일이 그와 달랐던 것이다.

"나한테 소스 주는 사람이 있어. 말하자면 우리 비밀 직원이랄까?"

"찍새가 따로 있군요? 아, 죄송합니다."

"죄송할 거 없어. 변호사들끼리도 일감 물어오는 변호사를 쩍새라고 하는데 뭐."

"놀랍네요."

"뭐가?"

"죄송하지만 변호사님 말이에요. 사실 정 사무장님 제의받고 몇 군데 알아봤는데 변호사님이 전에는 막변이나 블랙급에 불과했다고……."

"죄송할 거 없어. 맞는 얘기니까."

"수임도 없고, 있어도 별 볼 일 없었는데… 그래서 사무실 운영할 능력도 없다고 들었는데 어떻게?"

"반전에 성공했느냐?"

"예……."

"상길 씨 공덕소(功德梳) 일화 알아?"

"공덕소요?"

"중국의 한 대기업에서 일어난 일화인데 새로 모집한 영업 사원들에게 엉뚱한 임무를 줬다지? 절에 가서 스님에게 빗을 팔아 오라고 말이야."

"절에 가서요?"

"응."

"하핫, 그건 에스키모에게 냉장고 팔라는 것보다 더 힘든 일 같은데요? 스님들은 머리카락이 없으니……."

"그렇지. 그래서 대부분 포기하는데 세 사람이 응했대."

"……"

"첫번째 사원이 절에 갔지만 스님들에게 꾸지람만 듣고 쫓겨났대. 그는 돌아오는 길에 한 스님을 만났어. 그때 스님이 머리를 긁적거리자 빗으로 긁어주었다고 해. 스님이 시원하다면 빗 한 개를 사주었대."

"오, 대박. 개시는 했네요?"

"두번째 사원이 절에 갔더니 마침 바람이 불어 신자들의 머리카락이 마구 날렸대. 그걸 보고는 꾀를 내서 주지 스님에게 건의를 했대. 헝클어진 머리카락으로 예불을 올리는 건 좋지 않으니 신자들을 위해 빗을 비치하면 좋겠다고. 스님이 흔쾌히 수락해 빗 열 개를 팔았지."

"와우!"

"세 번째 사원은 큰 절의 주지 스님을 찾아가 공덕소(功德梳)란 글자를 새긴 빗을 내밀었대. 신자들이 시주를 하고 참배를 마치면 스님이 그 빗으로 머리를 빗겨준 다음에 기념으로 증정하라는 거야. 그렇게 하면 참배객이 훨씬 많아져서 시주 금액도 많아질 거라는 말도 덧붙였지. 그 사원은 그 절에서 빗 1만 개를 팔았대."

"헐, 그야말로 발상의 전환이군요."

"맞아. 발상의 전환."

"그럼 변호사님도?"

"나도 아직 인생을 잘 모르지만 인생은 스스로 간절할 때 기회가 오더라고. 방금 얘기 속의 사원들도 에이, 스님에게 어떻게 빚을 팔아 하고 포기했다면 아무것도 이루지 못했을 거 아니야? 하지만 어려움 속에서도 포기하지 않고 나갈 길을 찾은 거지. 빚 만 개 판 사원이 그 후에 어떤 길을 걸었을 지는 말 안 해도 알겠지."

"짧지만 감동 먹었습니다. 역시 변호사님도 보통 사람이 아니었군요."

"땡큐!"

창규가 웃었다. 공덕소에 빗댄 건 나쁘지 않은 것 같았다. 그때 혼귀국의 결계에 들어갔을 때, 나 잡아 드쇼 하고 자포자기했다면 어떻게 되었을까? 창규는 저세상으로 갔을 테고 아내는 과부, 승하는 아빠 없는 아이가 되었을 일이다.

'푸훗!'

문득 사타구니를 보니 괜한 웃음이 나왔다. 혼귀들이 벼르던 거세가 생각난 것이다. 생각이 거기에 이르니 또 피식 쓴 웃음이 터졌다. 이번에는 육경욱 부부 때문이었다.

생물학적으로 남자는 남자고 여자는 여자다. 육체관계도 그렇다. 다 같은 구조를 가지고 태어났건만 왜 궁합이라는 이름을 붙여 맞네 안 맞네 하는 것일까?

결혼하기 직전 눈에 콩깍지가 낀 연애 시절 때는 너 없이는 못 살아 하던 커플들. 그러나 막상 파경에 이르면 그 말은 반대로 변하고 만다.

너하고는 못 살아!

그러나 이혼에는 대부분, 전제 조건이 붙어 있었다. 가장 중요한 건 경제력이었다. 많은 이혼에 있어 강력한 조건이 된다. 이혼을 하고도 경제력에 문제가 없다면 이혼은 더 쉬워질 수도 있다.

다음은 양육이나 친권 문제다. 이혼 판례를 살펴보니 생각보다 친권과 양육으로 인한 쟁점이 많았다. 헤어질 때는 자식이고 뭐고 다 필요 없을 것 같지만 그 반대였다.

얘는 내가 키워. 너 같은 인간에게는 못 맡겨.

둘 중 하나가 그렇게 나오는 것이다.

마지막으로 위자료와 재산 분할이다. 끝장나는 마당이니 내 것을 더 많이 챙겨야 했다.

그런 측면이라면 육경욱 부부 또한 복잡한 셈이 나올 수 있었다. 부부는 이제 부와 명예를 쌓았다. 하지만 그 출발은 장혜교 집안의 지원이었다.

그래도 창규는 골 썩지 않았다. 믿는 구석은 마약이었다. 마약 투약은 중대 범죄다. 더구나 육경욱은 마약의 소지 경위부터 불손했고, 아내에게 사용한 기간도 제법 길었다. 두말할 것도 없이 구속에다 변호사 자격상실감이었다.

끼익!

그사이에 차가 사무실 주차장에 도착했다. 휴게소에서 잠깐 쉬었지만 고단하지 않았다. 일의 즐거움 때문이었다. 이제는 독 안에 든 쥐 꼴의 육경욱. 눈치도 못 차린 쥐를 슬슬 조여가는 재미는 말로 표현하기 힘들었다. 게다가 그는 창규를 얼마나 무시하고 갈궈대던 인간이었던가?

"어!"

복도였다. 마침 의뢰인과 함께 사무실을 나오던 육경욱이 장혜교를 보고 걸음을 멈췄다. 그 옆에 선 창규와 상길. 육경욱이 보기에는 아무래도 어울리지 않는 그림이었다.

"당신……."

육경욱의 미소는 훈훈한 그것이 아니었다. 아내 앞에서는 늘 잉꼬 모드를 취하던 육경욱. 돌변한 이유는 간단했다. 내연녀의 연락을 받은 것이다. 눈치로 감은 잡은 장혜교. 육경욱의 가슴팍을 밀치고는 창규네 사무실로 걸었다.

"여, 여보!"

"죄송합니다. 제 의뢰인이라서……."

창규도 변죽을 울리며 육경욱을 지나쳤다. 그때 육경욱의 전화기가 울렸다.

"여보세요."

전화를 받은 육경욱의 안면이 미친 듯이 일그러졌다.

"정말입니까? 알겠습니다."

전화를 끊은 육경욱의 고함이 하늘을 찔렀다.

"야, 강 변!"

창규가 돌아보았다.

"너 우리 마누라 데리고 무슨 짓을 한 거야?"

"뭐가 말입니까?"

"죄송합니다. 제가 잠시 실례를……."

의뢰인에게 인사를 차린 육경욱이 창규에게 다가섰다.

"지금 무슨 수작이냐고? 게다가 이혼소송?"

눈알을 번득이며 닦아세우는 육경욱.

"아, 법원에서 연락이 온 건가요? 역시 막강 정보망이군요."

"대체 무슨 수작이야?"

"죄송합니다. 제가 아직 사모님과의 소송 전략이 덜 끝나서… 일단 사모님과 숙의를 한 후에……."

창규는 그대로 사무실로 들어섰다. 막무가내로 따라 들어오는 육경욱을 상길이 막아섰다.

"죄송하지만 업무 중이라서요."

"뭐야?"

"아실 만한 분이… 협조를 부탁합니다."

"야! 저리 안 비켜?"

"이러시면 업무방해죄에 주거침입죄가 됩니다만……."

"뭐야?"

육경욱은 핏대가 오르지만 상길의 완력은 제법 탄탄했다. 호신술로 다져진 근력인 것이다.

탁!

육경욱을 밀어낸 상길이 사무실 문을 닫아버렸다.

"야, 강 변, 강 변!"

육경욱이 문을 두드리지만 누구도 반응하지 않았다.

"마약 얘기 정리하세요."

이미 소파에 자리를 잡은 장혜교가 재촉을 했다.

"그래야죠."

앞쪽 소파에 앉은 창규가 손을 내밀었다. 미혜가 그 손에 서류를 건네주었다. 정리를 마친 창규가 이메일로 전송한 마약 투약 과정이었다.

첫 투약 : 1년 27일 전

마약의 종류 : 헤로인 계통.

투약한 장소 : 자택 미니 바.

투약 매개체 : 꼬냑 레미 마틴 EXTRA.

투약 용량 : 주사 20회 분량.

두 번째 투약 : 1년 21일 전.

마약의 종류 : 전과 동일.

투약한 장소 : 자택 미니 바.

투약 매개체 : 레드 와인.

투약 용량 : 주사 18회 분량.

…

……,

"……!"

기록을 본 미혜가 소스라쳤다. 그건 흠 잡을 데 없는 보고서였다. 더러 빠진 날도 있지만 한 달에 서너 번씩 지속적으로 계속되었다.

"이건 보너스 자료입니다."

겹쳐놓은 건 장 회장 쪽 기록이었다. 보약환을 매개체로 한 마약 투약이었다.

"이 인간이 난데없이 아빠 보약을 지어오더니……."

"이 문제는 조금 신중하게 접근해야 합니다."

창규가 의견을 개진했다.

"왜죠?"

"회장님이 보약을 먹다가 말았습니다. 그렇기 때문에 보약이 남지 않았다면 투약 증거가 될 수 없습니다."

"왜요? 아빠도 저처럼 소변검사와 머리카락 검사를 하면 되잖아요?"

"맞는 말이지만 시간이 오래 경과하면 검출되지 않습니다."

"……"

"아, 칼날은 우리가 쥐고 있습니다. 그러니 서두르지 마십시오."

"어떻게 안 서둘러요? 지금 가슴이 터질 것만 같은데……."

"몰랐습니까?"

"뭘요?"

"내연녀와 마약 말입니다."

"여자관계가 있는 건 눈치챘어요. 하지만 소소하게 만나 스트레스 푸는 건 이해할 수 있기에 문제 삼지 않았지 애까지 있을 줄은 상상도 못 했어요."

"마약은요?"

"그건 더 당연하죠. 이 인간이 아주 제대로 돌았지……."

"증세 같은 건 없었나요?"

"증세?"

"헤로인 중독이 되면 몸무게가 감소되고 무기력과 졸음 같은 게 수반될 수 있습니다."

"몸무게 빠지고 무기력도 있어요. 하지만 갱년기 즈음이다 보니 그런가 했어요."

"이제 됐습니다. 카드를 뽑아볼까요? 요구 사항을 말씀하시죠."

"당연히 콩밥이죠. 마약은 형사범 아닌가요?"

"한 방에 훅 보낸다?"

"상관없어요. 아빠가 알면 아예 묻어버린다는 말도 나올걸요."

"그렇게 되면 재산 분할 문제가 대두될 겁니다."

"그 인간이 그런 말할 자격이 있어요? 이런 범죄를 저지르고도?"

"검사 출신 변호사 아닙니까? 마약 처벌이 강력하긴 하지만 라인 잘 타면 몇 년 살고 나올 겁니다. 어쩌면 집행유예가 될 수도 있지요."

"무슨 그런 쓰레기 같은 법이……."

"법 공부하고 법으로 먹고 사는 사람들이 종종 법을 쓰레기로 만들지요."

"그럼 어쩌자고요?"

"옵션을 거세요."

"옵션?"

"재산 포기!"

"재산 포기?"

"나머지는 제가 알아서 처리해 드리죠."

"어떻게요?"

"그 전에 두 가지 선행조건이 있습니다."

"말씀하세요."

"첫째는 지금 잔금을 다 치러주실 것. 둘째는 보너스로 관장님이 소유한 백자 항아리를 제게 주실 것."

"아직 소송이 끝난 게 아니잖아요?"

"제 말대로 하면 오늘 중으로 마무리될 수도 있습니다. 육선배가 합의이혼에 도장 찍으면 똥 처리는 저희가 해드리겠습니다."

"똥 처리라고요?"

"죄송합니다. 원래 털리는 사람은 악에 받쳐 날뛰게 마련이니 관장님이 그런 저주까지 들을 필요는 없다는 게 제 주장입니다."

"좋아요."

"고맙습니다. 그럼 계약서대로 나머지 잔금은 현금으로."

"그러죠."

"백자 항아리도 지금… 그렇게 하시면 관장님 관련 자료는 다 폐기하겠습니다."

관장님 쪽 자료. 그게 바로 장혜교의 아킬레스건이었다. 그게 밝혀지지 않으면 장혜교는 육경욱에게 무한 폭격을 할 수 있었다. 하지만 밝혀지면, 그녀에게도 큰 핸디캡이 될 수 있었다. 그건 장 회장에게도 부담이 될 일. 그렇기에 장혜교는 창규의 오더를 받을 수밖에 없었다.

"그 자료 제공자가 누구죠?"

장혜교가 물었다. 그녀도 인간, 궁금하지 않을 리 없었다.

"이런 류의 정보를 파는 사람이 있습니다. 어쩌다 사모님하고 육 선배가 레이더에 걸린 거죠. 그 사람도 떳떳한 직업은 아니라 대가만 받으며 철저하게 자료를 삭제해 주는 눈치니 염려할 거 없습니다."

"알았어요."

장혜교가 전화기를 들었다.

그사이에 정수라가 잠긴 문을 열었다. 육경욱은 양복 상의를 벗어던진 채 뛸 듯이 들어섰다.

"야, 강 변."

"죄송합니다만 예의를 부탁드립니다."

창규가 변죽으로 맞섰다.

"예의? 필요 없고… 너 대체 무슨 수작이야? 여보, 이 인간이 대체 뭐라고 한 거야? 무슨 말이든 믿지 말라고. 이놈이 이거 벼랑에 내몰리더니 어디 가서 사기를 배워가지고."

핏대를 올리는 육경욱 얼굴에 사진이 던져졌다. 사진 폭력자(?)는 장혜교였다. 발밑에 떨어진 사진을 본 육경욱의 동공에 핏발이 서는 게 보였다.

"이… 이거……."

"왜? 너무 반가워요? 주말에나 겨우 보는 사이인데 이렇게 사진으로라도 보게 되어서?"

장혜교의 냉소가 발사되었다.

"여보……."

"닥쳐. 그 더러운 입으로 나 부르지 마."

"대체……."

촤악!

이번에는 남은 커피가 육경욱 얼굴에 뿌려졌다. 조금 식었지만 그 또한 모멸감을 주기에는 충분한 액션이었다.

"커피 맛 어때? 좀 찝찔하겠지만 내가 마시는 술에다 탄 마약만은 못할걸?"

"……!"

그 한마디는 육경욱의 사기를 회복 불능으로 뭉개 버렸다.

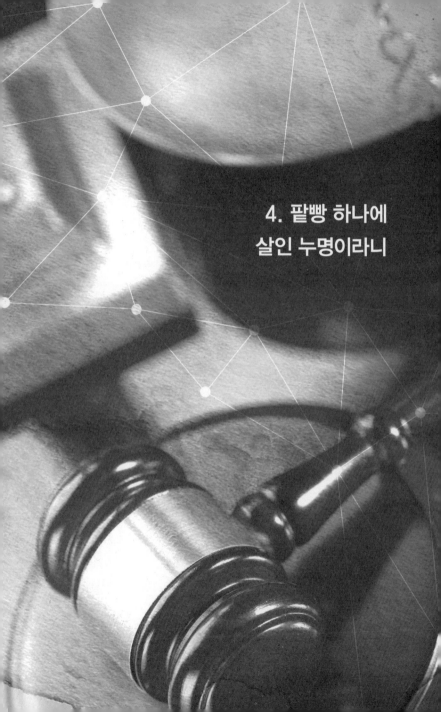

4. 팥빵 하나에
살인 누명이라니

마약?

하늘에 맹세코 귀신도 모르던 일. 그런데 그 일을 알고 있다니? 육경욱은 휘청 물러서며 창규를 보았다. 그러나 바로 고개를 저었다. 창규라고 알 수 있는 일이 아니었다. 육경욱이 아는 한 창규는 그런 능력이 없었다.

"이제 그만하시죠."

창규가 슬쩍 싸움에 끼어들었다. 마침내 창규가 주도할 시간이었다.

"이혼소송을 알게 되었다니 긴 말 필요 없을 것 같고… 어쩌다 사모님이 제 의뢰인이 되셨습니다. 그러다 보니 두 분 다 제가 아는 사이라 입장이 곤란하긴 하지만… 법은 법이고……. 기왕 이렇게 된 거 좋은 쪽으로 결론을 보시죠?"

"좋은 쪽?"

"제 의뢰인은 육 선배께서 여기에 도장을 찍으시길 원하고 있습니다."

창규가 서류를 내밀었다. 그걸 본 육경욱의 얼굴근육에 핵폭발이 일었다.

─나 육경욱은 장혜교와의 부부 생활 동안 마련하고 형성한 모든 재산과 권리 일체를 포기하고 장혜교에게 위자료로 줄 것을 약속합니다.

"이봐!"

육경욱의 고함에 창규를 겨누었다.

"다시 말씀드리지만 제 의뢰인이 원하는 사안입니다."

"강 변!"

"흥분하시는 통에 잊은 거 같은데 마약법 제58조 1항, 동법 제58조 2항. 무기 또는 5년 이상의 징역, 혹은 무기 또는 10년 이상의 징역을 받게 됩니다."

"끙……."

"뭐 그렇게 되면 자동으로 변호사 자격도 쫑……."

"으윽……."

"제가 보기엔 사모님 제안이 그리 나쁘지 않은데요? 그렇지 않습니까?"

"개자식!"

"그렇게 흥분하실 주제는 아니었다고 봅니다만."

"닥쳐!"

"찍지 않으시면 수사기관에 정식 수사 의뢰를 할 예정입니다. 육 선배께서 검찰 출신이니 경찰 쪽이 낫겠죠?"

"잇!"

서류를 넘긴 육경욱이 거칠게 지장을 찍었다. 그런 다음 창규와 장혜교를 향해 집어 던졌다. 소심한 분풀이지만 그는 몰랐다. 각서의 날짜 칸이 비어 있다는 것. 흥분한 탓이다. 이혼 전의 재산 포기 각서는 인정받지 못하는 경우가 많기에 수를 쓴 것이다. 날짜는 나중에 장혜교가 적으면 된다. 증인이 필요하면 창규와 직원들이 지원할 수 있었다.

"너희들, 내가 그냥 당할 줄 알아? 다들 각오하고 있으라고."

육경욱이 악을 쓰지만 창규와 사무실 직원들은 콧방귀도 뀌지 않았다. 그 이유는 오래지 않아 드러났다.

육경욱의 사무실이었다. 광풍을 일으키며 들어선 육경욱은 자리에 앉기 무섭게 검찰청에 전화를 돌렸다.

"야, 최 프로. 나 육경욱이야."

프로는 검사들의 별칭이다. 검사를 뜻하는 영어 Prosecutor의 머리말을 따서 성(姓) 뒤에 프로라고 부르는 게 그들의 일반적인 호칭.

"미안하지만 허접한 변호사 놈 하나 뒤 좀 털어줘야겠어."

통화를 하는 동안 출입문 쪽이 소란스러워졌다. 형사대의 등장이었다.

"뭐야?"

육경욱이 수화기를 든 채 일어섰다.

"육경욱 씨?"

형사들은 직원들을 밀어내고 육경욱에게 다가왔다.

"뭐냐고? 여기가 어딘 줄 알아?"

"행복경찰서 마약 특별 단속반입니다. 마약 사범이라는 제보가 들어와서요."

"뭐야?"

"협조를 바랍니다. 뒤져."

반장이 눈짓하자 형사 둘이 책상 뒤의 전문 서적 서재로 다가섰다.

"야, 무슨 짓이야? 너희들 영장 있어?"

"긴급체포입니다. 마약 사범의 경우는 그만한 요건이 된다는 거 알고 계시겠죠?"

반장이 육경욱을 상대하는 동안 형사 하나가 법률 전서를 짚었다. 그 두께가 주먹만큼 두툼한 법전. 바로 검사 시절 압수한 마약을 숨겨둔 비밀 공간, 딱 거기였다.

"찾았습니다!"

형사가 마약봉지를 들고 외쳤다.

"이제 됐습니까?"

반장이 수갑을 꺼내보였다.

"이, 이봐!"

육경욱이 물러섰지만 거기도 형사가 있었다. 결국 그는 수갑을 피하지 못했다.

철컥!

"이 새끼들… 내가 누군 줄 알고… 너희 서 담당 검사가 누구야? 이거 못 풀어?"

육경욱은 눈을 뒤집으며 악을 썼다.

육경욱이 은빛의 팔찌를 차는 동안 창규는 고미술관 직원으로부터 백자 항아리를 받고 있었다. 그걸 원래 가지고 있던 백자 옆에 나란히 세웠다. 짝이 딱 맞았다. 창밖으로 육경욱이 압송되는 모습이 보였다.

어제까지는 잉꼬부부의 대표.

오늘은 서로 등을 돌린 부부.

가장 화려한 부부의 그림자가 가장 깊다더니.

위선의 끝.

뭐든 지나친 것은 좋지 않다는 말이 떠올랐다. 게다가 저들은 본래 좋은 사이도 아니었다.

그 단어를 생각하며 달력에 표시를 했다.

―혼귀 사건 의뢰 002.

완료!

혼귀들의 두 번째 의뢰도 성공으로 끝났다.

'돈 가방도 왔고… 아무래도 회식 한번 해야겠지?'

창규가 사무장을 향해 가뜬하게 외쳤다.

"사무장님, 우리 오늘 한번 근사한 데서 뭉쳐야죠?"

"건배!"

창규가 잔을 들었다.

"건배!"

사무장과 상길, 미혜가 동참을 했다.

쨍!

유리잔이 부딪치며 청명한 소리를 냈다. 공연 관람을 마치고 마시는 수제 맥주. 수제 만두와 전기 구이 치킨을 안주로 삼으니 그만한 궁합이 없었다. 요즘 뜨는 소위 치맥, 만맥이었다.

"다들 수고했어요. 많이 많이 마셔요."

창규가 웃었다. 진심이었다.

회식은 처음이 아니었다. 찌질할 때도 회식은 있었다. 직원들이 여섯 명일 때도 있었다. 하지만 늘 의례적일 뿐 오늘처럼 죽여주는 날은 없었다. 멤버도 좋고 분위기도 그만이었다.

"오늘 변호사님 최고였어요."

상길이 엄지를 세워주었다.

"아니야. 사무장님과 상길 씨가 잘 지원해 준 덕분이야."

창규가 손사래를 쳤다.

"상길 씨 말이 맞아요. 게다가 마지막 마무리… 퍼펙트였거든요."

"그건 그래요. 숨 쉴 틈 없이 밀어붙인 마무리… 저도 은근히 육 변호사님의 보복이 걱정되었는데 한 방에 날아갔지 뭐예요?"

사무장에 이어 미혜도 후련한 표정이었다.

"형사들 제보 문제는 마지막까지 고민했어. 하지만 마약은 고려의 가치가 없는 범죄니까. 더구나 이건 살인미수거든."

창규가 말했다.

"동감이에요. 그래서 엄청 충격 먹었어요. 그렇게 행복한 척하던 부부의 실상이라니. 갑자기 남자들이 무서워지는 거 있죠."

사무장이 고개를 저었다.

"그러기에 너무 표시 내는 사람들은 뭔가 있는 거죠. 원래 벼도 익을수록 고개를 숙인다고 하잖아요?"

"그런데 변호사님, 그분은 안 오시나요?"

"누구요?"

"빨대요."

"빨대?"

"정보원… 아니, 제보자 말이에요. 변호사님에게 소스 제공한다는."

"아, 그 사람은 워낙 바빠서……."

창규가 대충 둘러댔다. 사무장이 말한 빨대는 정보원을 가리키는 은어였다. 아직 경찰 물이 남아 은연중에 사용한 그녀였다.

"아무튼 진짜 대단해요. 그런 건 하늘이나 알고 있을 일인데……."

"그럼 하늘의 심판을 받은 걸로 하지 뭐."

"그거 딱이네요. 하늘의 심판… 사실 그게 가장 바람직한 거니까요."

"자자, 다들 주량껏 마시고 또 신나게 새 사건 수임에 임하자고!"

창규가 새 잔을 들었다. 직원들도 기분 좋게 창규를 따랐다.

띵!

벨소리와 함께 엘리베이터 문이 열렸다. 내린 사람은 창규였다. 3층은 조용했다. 1호도 2호도 불이 꺼져 있었다. 2호 사무실 앞에 멈췄다.

'육경욱······.'

주인을 잃은 사무실은 썰렁해 보였다. 오래 생각하지 않고 지나쳤다. 사무실에 다시 들른 건 현금 때문이었다. 장혜교 측에서 입금된 2억의 완납. 5만 원권 스무 다발.

딸각!

사무실 문을 열었다. 벽의 스위치를 올리려는 순간, 창규의 눈에 백자 항아리가 들어왔다. 둘은 어둠 속에서도 파르스름한 빛을 내고 있었다.

'응?'

신기한 마음에 불을 켜지 않고 들어섰다. 홀린 듯 그 앞에 섰다. 백자 항아리의 빛이 아슴하게 시선을 흔들었다. 형체 없는 손짓 같기도 하고 소리 없는 외침 같기도 했다.

신기했다. 오랫동안 백자 항아리를 옆에 두었었지만 이런 적은 없었다. 창규는 오늘 확보한 백자 항아리를 집어 들었다. 전시장에 보관해서 그런지 상태가 달랐다.

'그에 비하면······.'

창규가 가지고 있던 백자는 방치 수준이었을까? 항아리를 바꿔 들었다. 확실히 낡은 느낌이 강했다.

'하긴 기껏해야 먼지나 닦아준 것밖에는······.'

그런 마음으로 항아리를 돌릴 때였다. 술 탓인지 손이 미끌하며 백자를 떨구고 말았다.

와장창!

그런 소리가 날 것 같아 심장이 철렁했다. 하지만 떨어지는 각도가 좋아 참상을 면하며 공명 소리만 울려퍼졌다.

텅!

"……!"

창규의 시선이 어두운 바닥에 멈췄다. 백자 항아리는 깨지지 않았다. 하지만 항아리는 두 부분으로 분리되어 있었다. 뚜껑 부분이 열려 두 개로 나뉜 것이다. 뚜껑처럼 보이지만 절대 열리지는 않던 항아리. 그래서 모양만 그렇지 원래 붙은 구조로 생각했던 창규였다.

'이게 원래 열리는 뚜껑이었나?'

놀란 가슴을 달래며 오늘 가져온 항아리를 열었다. 그랬더니, 그건 가볍게 열렸다.

"……?"

분리된 항아리와 같은 구조였다.

탁!

불을 켰다. 뚜껑이 분리된 항아리 목을 보고서야 답을 알았다. 뚜껑 부분에 이물질이 많았다. 그것들이 오랫동안 삭으며 들러붙었고, 그랬기에 접착제 같은 역할을 한 모양이었다.

'응?'

백자 항아리 안을 들여다보던 창규가 한 번 더 소스라쳤다. 항아리 안에 뭔가가 들어 있지 않은가?

그건 화선지 묶음이었다. 부드러운 화선지의 높이 또한 백자 항아리와 같았다. 그렇기에 소리도 나지 않고 흔들리지도 않았던 것이다.

'뭘까?'

궁금한 마음에 화선지 묶음을 꺼내놓았다. 몇 자를 읽기도 전에 가슴이 먹먹해져왔다. 어머니의 메모였다. 원래 붓글씨를 좋아하던 어머니. 간단한 메모 형식으로 여러 기록을 채워놓은 것이다.

아버지가 좋아하는 고미술 목록이 나왔다. 10여 개쯤 되었다.

고려시대 청자 죽순형 주자.
고려시대 일월관음도.
조선시대 왕의 투구.
조선시대 공주의 은장도.
100동자도.
18세기 청화백자 수복강녕.
산수화 소상팔경전도.
금동불입상.

그 아래로 메모가 이어졌다.

그이가 목숨처럼 아끼던 것.
되찾아 정부에 반납하려던 것.
밀수 모함. 이강풍과 손대웅의 배신, 검찰 제보.
바보 같은 사람, 그렇다고 이런 결정을······.

메모는 대략 그런 내용으로 끝났다. 창규는 잠시 멍 때리고
있었다. 아버지가 자살했다는 말은 어렴풋이 들었다. 하지만
창규는 사업 실패가 원인으로 알고 있었다. 무리하게 고미술에
투자하다가 파산을 맞았다는 것. 책임감이 강한 아버지였기에
무거운 책임감을 내려놓지 못하고 극단의 선택을 했다는 것.

그런데 메모의 뉘앙스는 조금 달랐다. 메모가 맞다면 이강
풍과 손대웅이라는 사람의 배신이 결정적. 그렇다면 그 단초
는 '밀수'가 될 판이었다.

고미술에 대해 잘 모르지만 그럴 수 있었다. 고미술 중에는
국보급도 많았다. 그렇기에 정식 거래보다는 뒷거래가 성행했
다. 해외로 밀반출된 물건이라면 더욱 그랬다. 아버지는 어쩌
면, 귀한 물건을 확보하기 위해 밀수꾼들과 거래를 했을 수도
있었다.

다른 메모 두 줄은 창규에게 큰 위로가 되었다.

그이가 목숨처럼 아끼던 것.
되찾아 정부에 반납하려던 것.

그 말은 곧 아버지가 단순한 고미술 장사꾼이거나 밀수꾼
이 아니라는 의미였다. 하긴, 아버지라면 그랬을 것이다. 그는
고미술에서 한국의 정신적 원류와 얼을 찾으려 했지 '돈'으로
치부하지 않았다.

'이건······'

두 백자 항아리를 사이좋게 놓고 혼자 읊조렸다.

'이번 사건 해결에 대한 아버지의 선물이군.'

그렇죠?

어두운 허공을 바라보는 창규. 화선지를 원래 자리에 넣었
다. 두 백자 항아리를 가까이 붙여놓았다. 어머니와 아버지가
나란히 앉은 느낌이 났다.

"창규야."

"우리 창규, 변호사가 되면 억울한 사람들 많이 도와주렴."

"세상엔 억울한 사람이 너무나 많아."

"힘없고 하소연할 데 없어서 가슴이 문드러져 나가는 사람 말

이야."

로스쿨을 다닐 때 임종한 어머니. 그 어머니의 말이 스쳐갔
다. 어쩌면 어머니의 속내를 고백한 건지도 몰랐다.

억울한 사람.

많다.

구체적으로 누구일까?

사실 변호사를 찾아오는 사람이라고 다 억울하지는 않았
다. 자기 이익을 위해 억지 소송을 하는 사람도 많다. 착한 사
람을 법으로 밟으려는 의뢰인도 많다. 더러는 변호사를 속인
다. 자신에게 불리한 건 침묵하고, 유리한 것만 이야기한다.
그래서 노련한 변호인들은 의뢰인의 말을 100% 신뢰하지 않
는다. 팩트만을 중시할 뿐이다.

그런데…….

억울해 보이는 사람을 만났다. 석계수였다. 그 할머니의 말
때문인지 그는 왠지 돕고 싶었다. 생각이 미치자 마음이 쏠렸
다. 석계수의 기록을 상기했다. 웬만한 형사 전문 변호사도 어
려울 재심사건이다. 그래도 겁나지 않았다. 어머니의 말이 창
규 등을 밀었다.

한번 해보렴.

뭐든 처음은 두려운 거야.

그것만 넘어가면 돼.

'어머니……'

정의로운 변호사!

모든 일에 정의로울 수는 없다. 그럴 수도 없었다. 하지만 이 사건만은 짚어보고 싶어졌다. 이미 죽은 의뢰인. 그 죽음으로도 변한 게 없는 그의 결백 주장. 이제는 사무실 운영에 여유가 생긴 창규. 심장을 차고 나온 열정의 피로 온몸이 끓기 시작했다. 그 뜨거움이 정조준하는 건 석계수의 팥빵 2인조 살인사건 재심 청구였다.

팥빵 하나에 살인 누명이라니? 사실이라면, 죽어서도 눈을 감지 못했을 일이 분명했다.

다음 날 아침, 방송이 뒤집혔다. 육경욱 때문이었다. 그의 구속과 이혼소송 제기가 방송을 탄 것이다. 인터넷도 덩달아 뒤집혔다. 이번에도 창규의 이름이 실검색어 10위권에 오르락거렸다.

뒤집힌 건 육경욱의 사무실도 마찬가지였다. 그의 사무실은 작지 않았다. 평수만 큰 게 아니라 파트너 변호사만 넷이었고, 막변과 블랙도 둘이나 있었다. 사무직까지 합치면 10명이 넘는 살림이었다. 하나하나 짐을 꾸렸다.

육경욱의 구속영장은 신속하게 집행되었다. 법원의 구속적

부심도 일사천리였다. 장혜교의 아버지 때문이었다. 딸의 이야기를 들은 장인. 사위 보호에 나선 게 아니라 인맥을 동원해 몰아친 것이다.

바쁘기는 창규의 사무실도 만만치 않았다. 일단 숨 쉴 틈 없이 울려대는 전화는 내려놓았다. 대신 바쁜 건 홈페이지였다. 지난번 전화 공세 이후로 만든 홈페이지. 그 역시 트래픽이 장난 아니라 걸핏하면 마비. 그래도 달릴 상담이나 문의는 달리고 있었다.

"경찰 수사 기록입니다."

"검찰 기록입니다."

"재판 판결문이에요."

회의실에 둘러앉은 창규네 멤버들, 입수된 자료를 놓고 석계수 사건의 본격 검토에 착수했다.

"어제 자료에 없던 게 어떤 거죠?"

창규가 사무장을 보았다. 기존에 받았던 자료는 이미 다 숙지한 창규였다.

"판결문하고 경찰 쪽 현장검증 동영상이에요."

사무장이 대답했다.

판결문은 역기를 들고 있었다. 검찰의 구형과 비슷한 선고가 내려진 것이다. 당시 수사 검사의 구형은 석계수가 7년, 김장호가 5년이었다. 김장호보다 한 살 많은 석계수를 주범격으로 본 것이다.

판결문에서도 소홀함이 보였다. 당시 경찰과 검찰에서 제출한 증거는 살인의 직접적인 도구로 볼 수 없는 팬과 운동화, 빵 봉지, 피해자 할머니의 증언이었다.

"범인들은 2명에 키가 각각 175와 160 정도로 보였어요. 한 사람 말투가 약간 어눌했고요."

키는 석계수, 김장호와 비슷했다. 김장호가 176이었고 석계수가 162였다. 그렇다고 해도 도난된 현금과 금품의 행방조차도 오리무중. 결국 강요된 '자백'을 물증으로 보고 판결했다고밖에 볼 수 없었다. 형사소송법에서조차 장기간의 구속이나 기망에 의한 자백은 재판의 증거로 배제하라고 명시하고 있지만 자백은 여전히 엄청난 영향력을 가지고 있었다.

"……!"

이어진 동영상 자료에서 창규는 또 한 번 놀랐다. 당시 수사를 맡았던 형사들이 범행 현장검증에서 피의자들에게 살해 장면을 지시하는 장면이 나온 것이다.

"죽일 놈들……."

욕설이 새어나왔다. 피의자들 지능에 어울리지 않게 조리 있는 조서와 형사들의 지시로 이루어지는 현장검증. 담당 검사나 검찰수사관들이 조금만 신경을 썼어도 의문을 가질 수 있는 장면이었다.

"죽일 놈들……."

이번엔 재판부에 보내는 야유였다. 그들도 억울한 피의자를 외면했다. 석계수 할머니의 말에 의하면 석계수는 재판장 앞에서도 억울함과 결백을 호소했다. 하지만 재판장과 주심 판사들은 누구 하나 귀를 기울이지 않았다.

무전유죄.

별 볼 일 없는 부모와 보호자들, 게다가 방어력이 없는 지적장애인 피의자들. 그들은 법의 보혹 아니라 폭격을 당하는 수 밖에 없었다.

"으아, 이건 진짜 좀 문제가 있는데요? 가혹 행위에 증거 불충분, 엉성한 수사, 헐렁한 판결… 총체적 부실 같습니다."

상길이 목청을 높였다.

"정말요. 게다가 나중에 진범을 봤다고 신고까지 했다는데도 묵살하고……."

미혜의 심정도 다르지 않았다.

"장혜교 이혼 건이 마무리 단계니 석계수 건 정식 재심 청구 준비하세요."

창규가 사무장에게 지시를 내렸다.

"이거 청구하려면 그 진범 등장이 쟁점이 될 거 같은데요? 하지만 그 사람을 본 석계수 씨하고 김장호 씨가 죽어버렸으니……."

상길이 의견을 개진했다.

"그날 석계수 씨가 앉아 있던 편의점에 시간 역산 해서 가 봐. 그 근처 CCTV 영상 확보하면 도움이 될 거야."

"그래야겠군요."

"진범이 술에 취했다니까 그 점 참고하고."

"그러죠."

"자, 그럼 사무장님은 석계수 할머니와 김장호 보호자들 만나서 자료 좀 더 보강하시고… 다들 움직입시다."

창규가 회의를 마무리했다. 그런 다음 배달일보사로 전화를 걸었다. 지인이 있었다. 전에는 전화를 받지 않던 도병찬 기자. 이번에는 반가이 전화를 받았다.

"여보세요."

창규가 대화를 시작했다. 보험을 위한 투자였다.

천재일우!

이런 경우가 그랬다. 상길의 말을 들은 창규는 이번 사건이 잘 풀릴 것으로 확신했다.

"CCTV 화면이 재녹화되기 하루 전이었지 뭡니까?"

그 말 때문이었다.

상당수 CCTV는 일정 기간이 경과한 화면 위에 새로운 녹화를 한다. 그렇게 되면 낭패가 된다. 검찰의 포렌직 수준이 아니라면 영상을 건지기가 어려워지는 것. 하루만 늦었어도 낭패가 되었을 일이다.

"곽성현, 당 49세, 주거 불명, 사기 및 강도 강간 12범입니다."

신원은 정수라가 귀신처럼 뽑아왔다.

남은 건 창규가 곽성현을 만나는 일. 하지만 주거불명이 장애물이었다. 그래도 솟아날 구멍은 있었다. 그 또한 상길의 꼼꼼한 주변 탐문 덕분이었다.

"알바생 말이 2~3일에 한 번씩은 술 사러 온다고 합니다. 그 근처에 사는 게 분명합니다."

"그럼 상길 씨가 수고 좀 해줘."

창규가 잠복을 지시했다. 상길은 기꺼이 지시에 따랐다.

하루는 공을 쳤다. 다음 날은 오전부터 흐렸다. 그러다 오후가 되면서 부슬비가 내리기 시작했다. 그 오후에 창규의 전화가 울렸다.

─변호사님.

"왜?"

─지금 곽성현 떴습니다.

"오케이!"

대답과 동시에 창규가 일어섰다.

"곽성현 나타났답니까?"

정수라가 물었다.

"그렇다네요."

"같이 갈게요."

"아닙니다. 사무장님은 사무실 공사 준비 해야죠."

"변호사님이 위험할지도 모르는데요?"

"사무장님만은 못하겠지만 저도 한가락 합니다."

"그럼 조심하세요. 필요하면 바로 연락하시고."

"알았습니다. 인테리어 사장님 오면 내부 수리 설명 좀 부탁해요."

"이 동네 변호사 사무실 중에서 최고로 해달라고 할게요."

"땡큐!"

손을 들어 보인 창규가 복도를 나섰다.

─사기 및 강도 강간 전과자.

혼귀들에게 받은 쌍식귀의 능력.

그런 막장 인간에게도 통할까?

살짝 긴장되는 마음과 함께 창규의 차가 지하 주차장을 나섰다.

─변호사님!

편의점 앞에 도착하기 전에 상길에게서 전화가 왔다.

"왜?"

─어디세요? 곽성현이 움직입니다. 지금 동네 막창집으로 들어가고 있어요.

"안에 가서 기다려. 막창 좋아하면 푸짐하게 시켜놓고."

―변호사님도 드시게요?

"뭐 못 먹을 거 없지. 먹다 죽은 귀신이 때깔도 좋다잖아?"

어느새 입에 착착 붙는 농담. 먹다 죽어 때깔도 좋은 귀신. 창규는 자신의 속에 들어 있는 쌍식귀를 생각하고 피식 웃었다.

"여기예요."

창규가 막창집에 들어서자 상길이 손을 들었다. 창규는 실내부터 돌아보았다. 문 앞쪽의 테이블이 곽성현이었다. 보통 사람보다는 큰 키에 부리한 눈매. 첫 인상이 까칠해 보이는 외모였다.

"드실래요?"

상길이 젓가락을 챙겨주었다. 그걸 받아든 창규가 호흡을 가다듬었다.

쌍식귀.

짜릿한 긴장이 혈관을 타고 흘렀다. 홍태리의 이혼사건에서는 관련된 강 변호사의 섭취 기록을 들출 수 있었다. 이번에는…….

'부탁해!'

창규의 절실함이 쌍식귀의 능력을 불러냈다.

'보인다!'

꿀럭 안구를 움직인 창규, 눈에 불이 들어왔다. 활화산의 뜨거움과 얼음의 냉혹함. 심장을 돌아 눈에 닿은 쌍식귀의 능력이 곽성현의 섭취물을 띄우고 있었다.

'식귀1, 두 달하고도⋯⋯.'

바로 리딩 옵션을 걸었다. 석계수가 곽성현을 만났다는 그 날이었다. 석계수의 말에 의하면 그 당시 곽성현은 술에 취해 있었다.

[아침]
[술]

선택어가 결정되었다.

꿀꺽꿀꺽!

술 넘기는 소리와 함께 그 순간들이 떠올랐다. 편의점이 보였다. 곽성현은 술을 마시며 들어갔다. 술은 작은 물병에 들어 있었다. 계산하는 시야에 두 청년이 보였다. 석계수와 김장호였다.

'빙고!'

창규가 주먹을 쥐었다. 핵심을 파악한 창규, 석계수 사건의 사건 당일로 올라갔다. 이번에도 역시 술부터 체크했다.

[술]

그날도 곽성현은 해장술을 마셨다. 중국인 내연녀의 방이었다.

"아, 아침부터 또 술이야?"

30대 중반의 내연녀가 짜증을 냈다. 그녀의 원룸 고시촌 방이었다.

"뭐야?"

"됐고 돈이나 줘."

"없어."

"뭐? 오늘은 준다고 했잖아?"

"야, 나한테 돈 맡겨놨냐?"

"그럼 우리 이제 끝내. 알고 보니 불알 두 쪽밖에 없는 주제에……."

"뭐야?"

"나도 먹고 살아야지? 일하는 사람을 잡아끌고 나와놓고는……."

"야, 그 잘난 노래방 도우미가 일이냐?"

"아니면? 임자가 돈 주면 되잖아? 그럼 나도 늙은이들 껄떡거리는 노래방 안 나간다고."

"에이, 쌍!"

"때려봐. 내가 또 맞고 있을 줄 알아?"

"어휴, 이게 한국 생활에 익숙해지니까 간댕이가 부었구나?"

"간댕이가 부은 게 아니라 임자가 한심하니까 그렇지. 허구한 날 술술술… 오늘도 돈 안 주면 다시는 나 못 만날 줄 알아. 다음 주에 우리 어머니 수술하러 입국하는 거 몰라?"

"알았다, 알았어. 돈 가져다주면 되잖아?"

곽성현이 문을 박차고 나왔다. 공원으로 나온 그는 지인들에게 전화를 돌렸다. 돈을 빌려주는 사람은 없었다. 오히려 죽는 소리를 하는 사람들뿐이었다.

"그럼 우리 한탕 할까?"

초저녁, 공원 벤치에서 술을 마시다 나온 말이었다. 술 상대는 교도소 친구 양정길이었다. 그의 키가 176㎝정도로 보였다. 석계수와 김장호 짝에 대입하니 딱 맞는 키의 구성이었다. 게다가 양정길, 중국인이라 그런지 한국말이 서툴렀다.

어눌한 것과 서툰 것.

차이가 있지만 야간에 습격당한 피해자가 구분해 내기란 불가능한 일이었다.

하나하나 퍼즐 빈자리가 채워져 가자 창규의 호흡이 저절로 뛰었다.

"어디 좋은 건이가 있습니다?"

양정길이 물었다. 이 말에도 단서가 보였다. 외국인들은 조사 '이', '가', '을', '를'의 사용에 익숙지 않은 경우가 많기 때문이었다.

"넌 그냥 뒤만 봐주면 돼. 수입은 반땅."

"내가 그 음모을 따르겠습니까."

양정길이 답했다. 그 역시 주머니가 궁하던 참이었다. 주변이 어두워지자 둘은 벤치에서 일어섰다. 입에서는 오징어가 질겅거렸다. 그길로 빵 가게로 향했다. 그 집 장사가 쏠쏠한 편이었다. 게다가 주인 부부가 늙었다. 늙은이들은 현금을 좋아한다. 따라서 숨겨둔 현금이 꽤 있을 것으로 생각했다.

뒷문을 따고 들어간 둘은 금고를 확보하고 현금을 털었다. 그때 노부부가 잠에서 깨었다. 별수 없이 팬으로 후려쳐 정신을 잃게 만들었다. 둘은 테이프와 줄로 노부부를 제압했다. 사망에 이른 경위는 조서에서 본 것과 같았다.

곽성현은 할머니의 품에서 금팔찌와 금반지를 빼고 장롱을 뒤져 현금 300만 원가량을 찾아냈다. 그 돈을 흔들며 방을 나섰다. 용의주도한 곽성현은 팬 손잡이의 지문까지 닦아냈다. 그런 다음 빵 매대 위에 두고 자리를 떴다. 그 어둠 속에서 할아버지의 숨이 넘어가고 있었다.

시간으로 보아 석계수와 김장호가 들어오기 20분 전이었다. 그래서 문이 열려 있었던 것이다. 빵을 집기 위해 팬을 치우다 지문이 남았다. 그 열린 문으로 새어나온 호기심이 두 청년을 파국으로 몰아넣고 말았다.

그 시각, 범인은 노래방 중국 도우미를 찾아갔다. 양정길은 파트너까지 불러 질펀하게 놀았다.

쾅!

창규의 주먹이 테이블을 내려쳤다. 차오르는 분노를 참지 못한 것이다. 이런 파렴치한 때문에 꽃 같은 청년 둘이 주검으로 지다니… 거기에 가세한 법조인들. 그걸 생각하니 수치심에 몸이 떨렸다.

"야, 씨발, 니들 뭐야?"

술을 마시던 곽성현이 눈알을 뒤룩거렸다.

"미안합니다."

상길이 대충 사과를 했지만 곽성현은 이미 다가오는 중이었다. 더구나 그 손에 들린 맥주병.

"변호사님."

상길의 눈빛이 흔들렸다.

"상길 씨는 비켜."

창규는 흔들리지 않았다. 아직 체크할 게 남아 있는 것이다.

"씨발 새끼들이 술 처먹으려면 곱게 처먹을 것이지 왜 지랄들이야……."

이죽거리며 다가오는 곽성현. 그를 겨냥한 쌍식귀들은 미친 듯이 창규의 명령을 수행하기 시작했다.

[돈]

[여자]

나오기만 하면 올가미가 될 자료들. 식귀2의 카테고리가 숨 가쁘게 열렸다. 돈부터 찬란했다. 이놈이 먹은 돈은 죄다 더럽고 악랄했다. 지금까지 살면서 제 손으로 땀을 흘려 번 돈은 딱 한 번이었다. 젊은 날 술집 웨이터 생활. 그것도 고작 이틀 만에 취한 손님의 지갑을 꿀꺽했다가 부장에게 걸려 잘렸다. 손님이 단골임을 알고서 벼르고 있다가 보복을 했다. 취해서 나온 손님을 퍽치기로 작살내고 새 지갑을 꿀꺽했다. 가증스럽게도 걸리지도 않았다. 그게 이 인간이 범죄에 맛 들린 계기였다.

여자 쪽은 더욱 그랬다. 주워 먹은 여자가 한둘이 아니었다. 개중 상당수는 성추행이나 성폭행이었다. 수법도 더럽고 악랄했다. 숨 가쁘게 더듬어 가던 창규의 시선이 중국인 노래방 도우미에게서 멈췄다. 그녀의 파일이 어두웠다. 확인에 들어갔다.

"……!"

거기서 창규의 호흡이 멈췄다. 인간 이하, 인간이기를 포기한 말종의 본성을 본 것이다.

'이, 이 인간…….'

자신도 모르게 현기증이 일었다. 살인이었다. 4개월 전이었다. 다시 돈 문제로 실랑이가 일었다. 여자가 절교를 선언했다.

곽성현도 맞절교를 했지만 막상 돌아서니 그녀의 몸뚱이가 아쉬웠다. 노래방으로 그녀를 찾아갔다. 그녀는 다른 손님과 놀고 있었다. 창문으로 넘겨보니 남자 품에 안겨 흐느적거렸다.

'개 같은 년.'

성욕이 살욕으로 바뀌었다. 새벽까지 기다려 여행이나 가자고 꼬드겼다. 술에 취한 여자가 제안을 받아들였다. 그날따라 손님에게 시달린 그녀, 미운 정도 정이라고 곽성현에게 기댄 것이다.

고물 차를 몰고 강원도로 갔다. 자신의 어머니가 살던 빈집이었다. 거기서 여자를 죽였다. 그런 다음 하루 종일 부엌에서 태웠다. 뼈 덩어리와 가루는 냇물에 뿌렸다.

"개자식!"

더 참지 못한 창규가 벌떡 일어섰다.

"뭐? 이런 쌍!"

가까워진 곽성현이 맥주병을 휘둘렀다.

"변호사님!"

상길이 소리쳤지만 병은 이미 창규의 얼굴 앞이었다. 하지만 창규가 빨랐다. 그의 발이 테이블을 걷어차 버린 것. 테이블은 흐느적거리는 곽성현을 덮쳤다.

"억!"

중심을 잃은 곽성현의 맥주병 스윙이 허공을 긁었다. 창규가 그 병을 낚아 그대로 내리꽂았다.

"변호사님!"

와창!

상길의 외침과 함께 맥주병이 박살 나는 소리가 가게 안에 울려 퍼졌다.

"까악!"

여주인의 비명도 따라 울렸다.

"……!"

곽성현은 눈도 꿈뻑거리지 못했다. 병이 머리 바로 위의 벽을 후려친 것이다. 10㎝만 내려왔어도 곽성현의 수박이 터졌을 터였다.

"너!"

창규가 곽성현을 잡아세웠다.

"씨, 씨발……."

"장애인 청년들 범행, 네가 진범이지?"

"씨, 씨발……."

목을 제압당한 곽성현이 허덕거렸다.

"빵 가게 노부부 말이야. 네 입으로 범인이라고 했다며?"

"씨발, 했다 왜? 너 뭐야? 뭐냐고?"

"노래방 도우미 왕수정도 네가 죽였네. 외딴 고향집 아궁이에서 불 태워서 계곡에 뿌려 완전범죄."

"……!"

"아니야? 물론 그것 외에도 셀 수도 없이 많은 범죄를 저질 렀지만……."

"너, 너……."

"나 억울하게 죽은 석계수의 변호사다. 이 개자식아!"

창규의 주먹이 곽성현의 복부에 꽂혔다. 이미 술이 취해 던 그가 울컥 오바이트를 뿜었다. 창규는 제 오물을 뒤집어 쓴 곽성현의 얼굴을 구둣발로 내질렀다.

"변… 호… 사?"

쓰러진 곽성현이 웅얼거렸다.

"그래. 보아하니 네놈, 인간 말종에 움직이는 범죄 기계… 보 아하니 최소한 무기징역 아니면 사형일 테니 실컷 마셔두거라."

그의 입에 소주병을 쑤셔 박았다. 닥치는 대로 퍼먹이고 상 길을 돌아보았다.

"경찰에 연락해. 살인범이 여기 있다고."

창규의 목소리는 칼날처럼 단호했다.

"전소 살인요?"

행복경찰서의 강력 팀장이 고개를 들었다. 그 앞에는 창규 와 상길이 서 있다. 물론, 곽성현은 수갑에 채워진 후였다.

"그렇습니다."

"그, 그런……."

강력 팀장의 미간이 일그러졌다. 숱한 살인사건을 보아왔지만 전소 살인은 보지 못한 팀장. 그 시선이 곽성현에게 향했다.

"맞답니다. 오는 길에 자백 들었습니다."

곽성현을 압송해 온 형사가 거들고 나섰다.

"허, 이거야 원… 범행 장소는?"

"강원도 야산이라고 합니다."

"뭐 해? 출동 준비 하지 않고."

팀장은 점퍼를 입으며 형사에게 말했다.

띠또띠또!

형사대가 긴급 출동을 했다. 곽성현이 내연녀를 불살라 버린 현장이었다. 창규와 상길도 그 뒤를 따랐다. 자발적이었다. 뼈를 뿌린 장소를 아는 까닭이었다.

"일단 돌아가서서 좀 쉬시는 게 낫지 않습니까?"

고속도로에서 상길이 우려를 표명했다.

"난 괜찮아. 상길 씨가 운전하느라 고생이지."

"어? 왜 이러십니까? 저 이래 보여도 몸뚱이 하나는 강철 같은 놈입니다."

"그건 나도 마찬가지야."

"그나저나 어떻게 된 겁니까? 곽성현의 숨겨진 범죄 사실까지 귀신처럼 알아내시다니."

"텔레파시가 맞았다고나 할까? 나도 모르게 감이 왔어."

"으아, 정말 귀신이 따로 없군요."

"귀신?"

"그렇지 않습니까? 경찰도 눈치 못 챈 사건을……."

"그럼 상길 씨는 내가 사람인 줄 알았어? 에— 비!"

"으베베!"

창규가 공포 장난을 치자 상길이 소스라쳤다.

"아, 진짜… 간 떨어질 뻔했잖습니까?"

"몸뚱이가 강철이라는 사람이 그만한 일에?"

"신경이 곤두서 있으니까 그렇죠. 전소 살인이라니… 곽성현, 그게 맞다면 저놈은 인간도 아닙니다."

"인간도 아닌 사람이 어디 한둘이야?"

"하기는……."

"현장에 가야 하는 이유가 있어."

"뭔데요?"

"곽성현 말이야, 크고 작은 범죄가 한둘이 아니야. 게다가 전소한 유골을 술 처먹고 뿌렸으니 유기한 장소를 기억하지 못할 수도 있거든."

"설마… 그것까지 변호사님에게 감이 온 건 아니겠지요?"

"석계수의 빙의인가? 어렴풋이 현장이 보인단 말이지."

"으어어……."

"조크야, 조크. 그만할 테니까 운전이나 제대로 하라고."

창규는 상길의 어깨를 두드려 주고 입을 닫았다.

전소 살인 현장.

창규라고 마땅할 리가 없었다. 솔직히 말하자면 형사들에게 맡겨놓고 굿이나 보고 떡이나 먹으면 될 일이었다. 하지만 경찰에게만 맡길 수 없었다.

만약 엉뚱한 곳에서 설렁설렁 헛발질 수색을 하고 유골을 못 찾는다면.

내일 술이 깬 곽성현이 부인한다면?

노래방 도우미 살인 건은 미궁에 빠질 수도 있었다. 그렇게 되면 경찰은 창규를 도외시할 가능성이 컸다. 그 때문에라도 이 건을 증명해야 할 필요가 있었다.

나아가 곽성현의 잔머리 무장을 해제시켜야 했다. 그리하여 그가 자포자기에 빠진다면 석계수 건까지 쉽게 이어질 수 있었다. 경찰 역시 전소 살인까지 나온 마당에 진범이 한 자백을 또 무시할 수는 없을 일이었다.

왜냐면…….

언론 때문이었다. 듣기만 해도 소름이 끼치는 전소 살인. 그런 범인의 범행이라면 모든 언론의 관심의 대상이 될 일. 경찰과 검찰도 얼렁뚱땅 넘어갈 수 없을 게 분명했다.

형사대 차량이 현장에 도착했다. 곽성현의 시골집은 입구부터 거미줄이었다. 그 사건 이후로 발길을 끊은 까닭이었다. 집에서는 별다른 흔적이 나오지 않았다. 나올 리도 없었다.

"유골 버린 데가 어디야?"

형사가 곽성현을 다그쳤다.

"기억이 안 납니다."

아직도 술 기운이 남은 곽성현이 고개를 저었다.

"기억이 안 나? 사람을 태우고도 기억이 안 난다고?"

"저쪽 같기도 하고……."

곽성현이 숲을 가리키자 팀장이 창규를 바라보았다.

당신, 이거 전소 살인 맞아?

이 자식 분위기 봐서는 아닌데?

팀장의 눈빛은 그랬다. 창규는 미동도 하지 않았다.

"수색해 봐."

팀장은 마지못해 지시를 내렸다. 계곡으로 이어지는 숲이다. 시체도 아니고 유골 조각과 가루라니 찾을 엄두가 나지 않는 것이다.

"팀장님!"

앞서가던 형사 하나가 뼈를 들어 보였다.

"새꺄, 장난해? 개 뼈잖아?"

팀장이 형사의 등덜미를 후려쳤다. 그건 개의 턱뼈였다. 형사들 다섯은 1~2미터 간격을 두고 수색에 나섰다. 창규가 보니 가관이었다. 그저 설렁설렁인 것이다.

'그럴 줄 알았지.'

창규가 나섰다. 숲은 곽성현의 범행 당시와 같지 않았다. 숲이 자란 것이다. 창규는 그날 일어난 곽성현의 동선을 계산했다. 포커스는 가장 큰 유골이었다.

'분명 여기 어딘데……'

낙엽과 마른 풀들이 키를 재는 계곡 숲. 작대기로 한 더미, 한 더미를 헤치며 걸었다. 그러다 계곡의 돌더미 사이에서 형체가 다른 물체를 발견하게 되었다. 조금 닳고 변색했지만 곽성현이 던진 그것과 형체가 같았다.

"상길 씨, 그 발 내려놓지 마."

"예?"

"발밑……"

"으헉!"

창규의 말에 상길이 가슴을 쓸어내렸다. 그제야 유골을 본 상길이었다.

"유골이 있다고요?"

팀장과 형사들이 달려왔다.

"진짜 유골 같은데요?"

경험 많은 박 형사가 팀장을 바라보았다. 형사대는 조심스레 증거를 수집했다.

"현장 확보 하고 근처 뒤져 봐."

팀장의 명령을 받은 형사들은 작은 조각 몇 개를 더 찾아냈다. 유골이 나오자 곽성현이 고개를 숙였다. 술에 취했다지만 사람을 죽인 일. 시치미로 넘어갈 사안이 아니었다.

"이쪽 경찰서에 지원 요청 하고 현장 보존 해. 저 인간 집도 마찬가지. 아, 기자들한테 입조심하고."

팀장의 움직임이 달라졌다. 움직일 수 없는 증거가 나온 마당. 이제는 미적거릴 때가 아니었다.

그 즈음 창규는 도로 쪽에 나와 있었다. 기다리는 사람이 있었다. 차량이 도착하자 창규가 손을 들어 보였다. 배달일보 도병찬 차장이었다. 짧은 인사를 마친 창규가 상길에게 말했다.

"가서 팀장 좀 모셔와."

"올까요? 신경이 잔뜩 곤두섰던데……."

"곽성현, 여죄 파일이 있다고 전해."

"알겠습니다."

상길이 현장 쪽으로 향했다. 팀장이 곧 달려왔다.

"이분은?"

팀장이 고개를 들었다. 창규 옆에 선 낯선 사람 때문이었다.

"배달일보 도 차장님입니다."

"기자요?"

바로 정색을 하는 팀장.

"떼거지로 와서 북적거리는 것보다 선발대 한 명 상대하는 게 낫지 않겠습니까?"

"그건 그렇지만 범행이 잔혹하고 아직 구체적인 파악도 하기 전이라……."

"걱정 마십시오. 제 지인이라 수사에 협조하실 겁니다."

창규가 단언했다.

지인!

그건 거짓말이 아니었다. 도병찬은 동기 도현승 변호사의 친형이었다. 지난번 윤여도 회장 건을 보도할 때도 도움을 준 사람. 창규가 부른 데는 몇 가지 이유가 있었다. 하나는 지난번 도와준 데 대한 보은의 독점 기사 제공이었고 또 하나는 증인 역할이었다. 창규는 팀장과 거래를 할 생각이었다.

"이제 제 말 믿겠습니까? 곽성현이 움직이는 범죄 은행이라는 거."

"예……."

"이거 저 인간 범죄 파일입니다. 경찰에서 모르는 게 30건도 넘어요."

창규가 종이 뭉치를 들어 보였다.

"넘겨주시죠. 아주 끝장을 보겠습니다."

"그 전에 약속을 하나 해주셔야겠습니다."

"약속?"

"석계수 사건 아시죠?"

"알기는 합니다만……"

"그 사건 담당했던 수사관의 한 사람인 박태후 경위도 알고 계시죠? 아직 이 서에 있더군요."

"친분이 있습니다만……"

"제가 필요한 건 석계수 사건입니다. 저기 있는 곽성현이 그 사건 진범이에요. 공범은 교도소 동기 양정길. 얼마 전에 다른 범죄로 잡혔을 때 자백을 했는데 무시당했다고 하더군요."

"한 경찰서에 있다고 해도 속내까지는 알 수 없습니다."

"그래서 말인데, 저 인간의 조서를 받는 즉시 여기 기자님께 조서 전송 좀 부탁드립니다. 다른 건 천천히 진행하셔도 되지만 석계수 건에 대해서는 즉각 말입니다."

"지금 사안은 전소 살인이……"

"죽은 석계수에게는 그보다 급한 사안이 없습니다."

"……"

"약속하시면 자료 넘겨 드리겠습니다. 장담하지만 신뢰도 100%짜리입니다. 어쩌면 경위님이 특진을 할 수 있을지도."

"특진은 필요 없고… 넘겨주시오. 그렇잖아도 석계수라는 친구가 결백을 주장하면서 자살하는 통에 경찰의 한 사람으로 찝찝하던 참이오. 저놈이 자백하고, 범행이 드러난다면 변호사님 말대로 하겠소."

"그 증거도 여기 들었습니다. 억울한 석계수를 위해 재심 청구를 할 생각이니 잘 부탁합니다."

"그러니까 여기 기자 양반이 증인인 셈이군요. 변호사님과 나 사이의?"

"뭐 그렇게 생각하셔도……."

"허어, 이거 참… 경찰 체면이……."

팀장은 뒷목을 긁적이며 현장으로 돌아갔다.

"석계수 사건 말이야… 그거 나한테 보낸 이메일 내용이 사실이야?"

버팀목으로 있던 도 기자가 물었다.

"그렇습니다. 잘 간직하시다가 경찰에서 발표하면 기사 한 줄 부탁드립니다."

"아, 나도 장애인들이 자살까지 하길래 뭔가 있다고 생각했 었는데……."

"이번에 도와주시면 됩니다. 조금 늦기는 했지만……."

"알았어. 사람은 죽었지만 명예라도 한번 살려보자고."

도병찬의 의욕도 창규의 그것만큼이나 불타고 있었다.

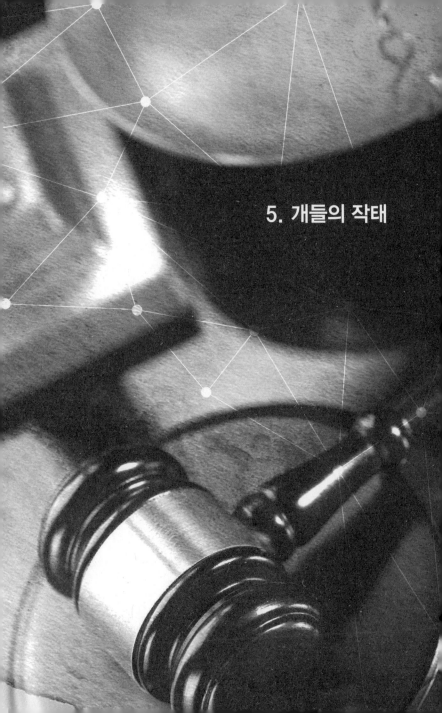

5. 개들의 작태

다음 날 저녁, 강력 팀장이 창규를 불렀다. 납품 서류를 준비 중이던 창규가 경찰서로 향했다. 납품 서류는 법원이나 변호사들이 만드는 소송 관련 서류를 이르는 은어였다. 변호사들은 통상 법원에 제출하는 서류를 '납품하러 간다'고 칭하고 있었다.

그사이에 필요한 자료는 더욱 보강되었다. 석계수 할머니의 증언과 이웃 사람들의 증언, 나아가 석계수 친구가 찍은 현장 동영상 등이 확보되었다.

"석계수가 사람을 죽였다는 거 믿을 수가 없어서 밤에 폴리스 라인에 몰래 들어가서 찍어두었어요."

동영상을 찍은 친구의 말이었다. 영상은 당시 경찰 현장 조사의 헐렁한 면을 뒷받침할 자료로 가치가 있었다.

"여깁니다."

경찰서 앞의 흑다방에 도착하자 강력 팀장이 손을 흔들었다.

"조서 나왔습니까?"

"그게 아직……"

팀장이 난감한 표정을 지었다.

"왜요? 제가 넘긴 서류는 틀림이 없습니다."

"그건 인정합니다. 심지어는 곽성현이 망각한 범죄까지도 들어 있어 그놈도 뒤집어지더군요. 자기 머리를 해킹했냐고……"

"그런데 왜?"

"박 경위 때문입니다."

"석계수를 조사한 수사관 중의 하나요?"

"예……"

"반발하고 있군요?"

"맞습니다. 워낙 경찰서장의 신임을 받는 터라……"

"그래서 어쩌시겠다는 겁니까? 제가 언론에 터뜨려 드릴까요?"

창규가 넌지시 조여들었다.

"아닙니다. 시간을 좀 주시면⋯⋯."

"나쁜 선택입니다."

"예?"

"박태후 그 인간⋯ 분명 석계수 사건의 꼬리를 자르려고 시도할 겁니다. 석계수는 죽었고 전소 살인 건이 워낙 충격적이니 그 건만으로 얼렁뚱땅."

"솔직히 말하면 우리 서장님도 부담스러우신지⋯⋯."

"서장님도 연관이군요?"

"당시 박태후를 지휘하던 형사 과장이 현재 서장의 동기입니다. 선이 닿은 모양입니다."

"조직적인 은폐 시도로군요. 곽성현이 진범이란 걸 알면 당시 수사 검사나 판결 판사까지도 다 같은 생각일 수밖에 없을 겁니다. 자기들의 과오가 만천하에 드러날 테니."

"면목 없습니다만 시간을 주시면⋯⋯."

"정 그렇다면 제가 지원을 해드리죠."

"변호사님이 어떻게?"

"박태후 경위, 지금 어디에 있나요?"

"아마 서장님 방에⋯⋯."

"부르세요. 상의할 일이 있다고 하고."

"여기로 말입니까?"

"박태후 관련 제보도 받은 게 있어서 그럽니다. 워낙 제보

양이 많아 확인을 다 하지 못했으니 일단 불러서 상의하는 척 시간을 끄세요. 그사이에 제가 사무실에 전화해서 제보를 확인하겠습니다."

"박태후 경위의 비리도 들어온 겁니까?"

"본 거 같아서 그럽니다."

"그 친구는 그런 쪽은 아닌데……."

"부탁합니다.

"그러죠."

팀장이 핸드폰을 꺼내 들었다.

잠시 후에 박태후가 도착했다. 그는 거만을 떨며 팀장 앞에 앉았다.

"생각 좀 해본 거야?"

박태후가 담배를 꺼내 물었다. 하지만 바로 부러뜨렸다. 옆 테이블의 여자 손님이 노려본 까닭이었다. 실내는 금연, 그러나 골초인 그에게는 버릇이었다. 창규는 여자 손님 앞 테이블에 있었다. 박태후와는 테이블 두 개를 사이에 두고 비슷하게 바라보는 각도였다.

'가증스러운…….'

창규의 눈과 가슴에는 벌써 열풍과 냉풍이 몰아치고 있었다. 차근차근이 아니라 가능성이 높은 것부터 사납게 밀어붙였다.

[금품 수수]

처먹은 돈에 대한 리딩.

공무원에게 최고 쥐약으로 통하는 뇌물 아이템부터 먼저 점검을 했다.

재물 카테고리를 열고 돈 폴더들의 빗장을 풀었다. 부정하게 수수한 금품이나 뇌물, 사건 편의를 봐주고 받은 뇌물 등등의 섭취 건이 필요했다.

"……!"

한참을 뒤지던 창규의 눈이 맹렬하게 좁혀진 채 동작을 멈췄다.

'쉿!'

없었다.

척 봐도 성실한 형사가 아닌 견적인데 금품 수수라고는 담배 몇 보루 받은 게 전부였다.

'이럴 수가?'

창규의 미간이 형편없이 일그러졌다. 알고 보니 이 사람이 청렴한 형사였단 말인가? 단지 석계수 사건에 있어서만 무성의했던 거란 말인가? 재물 카테고리를 나와 잠시 황망했다. 하지만 포기하지 않았다. 이번에는 간단명료하게 여자 폴더를 체크했다.

"……!"

거기서 창규는 손에 든 커피를 떨굴 뻔했다. 없었다. 여자 관계도 깨끗했다. 아내를 제외하고는 2, 3년 전에 노래방에서 도우미와 포옹하고 가슴을 비빈 정도가 전부였다.

"아, 이 친구 답답하기는……."

머릿속이 하얗게 변해갈 때 박태후의 목소리가 올라갔다.

"이 팀장 당신은 그놈 전소 범행 밝힌 것만 해도 특진감이야. 그런데 굳이 석계수 건까지 끼워 넣어야겠냐고. 그러면 우리 서 뒤집히고 서장님 부담이 커지는 거 몰라?"

목소리는 여전히 불량했다. 빽 없는 범인이 잡혀오면 국물도 없을 스타일이다. 그런데 이런 인간이 어떻게 금품과 여자에 초연할 수 있단 말인가?

다시 재물 카테고리로 돌아갔다. 여자 쪽에 문제가 없다면 뇌물만이 대안이었다.

[돈]

다시 시작했다.

[월급 이외의 돈]

핵심이 아니라 상식으로 접근했다. 그러자 두 개의 파일이 나왔다. 생각보다 컸다.

"......!"

거기서 창규 눈에 불이 들어왔다. 뇌물이나 금품을 먹은 건 아니었다. 하지만 박태후에게는 농약이 되고도 남을 돈이었다.

'오케이.'

창규가 커피를 내려놓았다. 기어이 아킬레스건을 잡아낸 창규였다.

그가 은밀하게, 그러면서도 당당하게 해 먹은 돈은 경매였다. 주식이었다.

경매와 주식!

공무원에게도 허용이 된다. 주식 역시 그 주식에 관여하는 직무가 아니라면 아무런 문제도 없다. 하지만 박태후라면 달랐다. 그는, 근무시간에 상습적으로 이 짓을 한 것이다.

경매부터 체크했다. 놀랍게도 그는 경매의 '달인'에 가까웠다. 이미 10여 년을 해온 베테랑이었다. 이미 그의 루틴이 되어버린 일과였다.

그의 일상은 이렇다. 일단 짬짬이 쓸 만한 물건을 봐둔다. 혹은 지위를 이용해 부동산 업자나 중개 업자 쪽에서 정보를 받는다. 돈이 된다는 냄새가 나면 '근무시간'에 잠복이나 수사를 빙자해 법원에 간다. 거기서 마누라를 만난다.

마누라가 포인트였다. 그래도 공무원법은 알아 마누라 이름을 이용한 것. 하지만 물건 찍기, 현장 답사, 입찰 응시, 서류 작성, 세입자 상대, 융자알 선 브로커 등의 모든 과정은 그가 직접 관여하고 있었다.

그렇게 낙찰을 받은 물건이 일 년에 보통 2~3건. 물건은 아는 인테리어 업자를 동원에 헐값에 수리를 하고 수천에서 1억 이상의 차익을 취한 뒤 급매로 넘겼다. 현재 그가 사는 58평짜리 아파트 또한 경매로 마련한 재산이었다.

'오케이!'

느긋해진 창규가 주식까지 달려갔다. 그 또한 같은 선상에 있었다. '근무시간'에 투자를 한 것. 물론 당연한 일이었다. 주식거래는 대개 공무원 근무시간과 겹친다. 합법적으로 하려면 연가를 내거나 증권 회사 직원을 통해 거래할 수 있다.

하지만 박태후는 근무시간에 자신의 핸드폰이나 근처의 피시방 지정석에서 대놓고 판을 벌인 것이다. 어떻게 보면 무늬만 공무원이지 경매꾼이나 주식꾼에 다름 아니었다.

안정된 직장에서 거액의 연봉을 받고, 권력을 이용해 정보를 받고, 근무는 소홀히 하면서 이재에 골몰.

'가만……'

두 개의 아킬레스건을 잡아낸 창규에게 영감이 스쳐갔다. 이런 사람이라면 태생적으로 '도박'을 좋아할 수 있었다.

[도박]

체크하지 않을 수 없었다.

'옷!'

폴더가 열리자 창규가 바로 반응했다. 파일 두 개가 있었다. 하나는 카지노고 또 하나는 사설 도박판이었다. 카지노는 외국이었다. 필리핀의 카지노. 매년 한두 번의 정기 행사였다. 동행자가 있었다. 문체부 산하의 카지노 관련자. 그의 주선으로 판돈 3천만 원 이상짜리 VIP로 참여한 것. 물론 이들의 배팅은 특급 비밀로 처리가 되었다. 각국의 카지노끼리 형성된 관습이었다.

'빙고!'

창규가 피가 점점 더워지고 있었다. 남은 국내 사설 도박판은 체크하지 않아도 박태후를 잡는 데 문제가 없을 상황. 그래도 알뜰하게 마무리에 들어갔다.

강남의 지하였다. 이 또한 지위를 이용한 '우대'였다. 강남 쪽 경찰서에 근무하던 당시 사장을 쪼아 특별 대우로 출입한 것이다. 돈을 잃은 적은 없고, 거둬들인 것만 6년여에 2억여 원.

여기서 석계수에 대한 열쇠가 나왔다. 도박 때문이었다. 당시 그는 인터넷 도박과 카지노에 빠져 있었다. 카지노 관광(?) 출국일이 다가오고 있었다. 두 번째 원정이었다. 벼르고 벼르던 일, 그 즐거운 기회를 놓치고 싶지 않았던 것.

그는 사건을 조기에 마무리하기 위해 석계수와 김장호를 족쳤다. 다행히 지적, 발달장애인들이라 큰 무리가 없었다. 윽박지르면 넘어갔고, 집안 또한 똘망한 가족이 없어 항변하지 않았다.

"이 새끼들이네."

그가 그저 감으로 하는 촉 수사.

결론을 이미 내려놓은 채 무고한 두 청년을 범인으로 짜 맞춘 것이다.

'개자식!'

입술을 깨물었지만 참아냈다. 이런 여우라면 핏대로 상대할 일이 아니었다. 증거를 인멸하기 전에, 증거를 확보해야 가증스러운 속내를 밝힐 수 있었다. 사무장에게 문자 지시를 내렸다. 관련 증거의 확보 때문이었다. 일단 한두 개만 잡아주면 될 일이었다. 나머지는 정식 수사에게 돌려도 될 몫이었다.

경매와 주식으로 축재한 재산이 약 35억. 무직의 마누라와 직업 경찰 경위 월급으로는 꿈도 꿀 수 없는 거액에는 그런 히스토리가 담겨 있었다.

시간이 흘러갔다. 냉커피를 한 잔 추가해 울컥거리는 심장을 달랬다. 강력 팀장이 몰래 문자를 보내왔다.

'어떻게 되는 겁니까?'

'조금만 기다려요.'

시간이 더 흐르자 박태후가 일어날 조짐을 보였다.

"좋은 게 좋은 거잖아? 내 말 알지?"

마침내 일어서는 박태후. 하지만 그 뒤에 창규가 다가와 있었다.

"뭐야?"

불량 형사답게 말투도 거칠었다.

"석계수의 변호사입니다."

"석계수?"

짧은 말에도 불쾌하게 반응하는 박태후.

"6년 전 5월 15일에 필리핀으로 출국한 적 있죠?"

"그래서요?"

"석계수 사건을 검찰에 송치한 지 불과 나흘 후."

"그게 뭐? 내 연가로 간 건데……."

"그 연가를 가기 위해 무리한 수사를 한 거 아닙니까?"

"말도 안 되는… 연가는 법으로 보장된 일이고… 그 사건으로 하도 골을 썩어 쉬러간 거오만."

"잘 쉬다 오셨습니까?"

"지금 장난합니까?"

박태후는 창규를 슬쩍 밀치며 밖으론 나갔다.

"변호사님."

팀장은 다소 어이없다는 표정으로 뒷말을 이었다.

"제보가 그겁니까? 고작 사건 처리 며칠 후에 외국으로 출국했다는 거?"

"예."

"허, 그건 문제가 되지 않습니다. 옛날처럼 공무원 해외 출국이 금지된 일도 아니고……."

"제 생각에는 문제가 됩니다."

"변호사님."

"저 믿으세요."

"허어, 이거 참… 아무튼 저도 일단 들어갑니다. 할 일이 태산이라서요."

"죄송하지만 조금만 기다려 주십시오."

"변호사님!"

팀장의 목소리가 올라갔다. 창규는 무표정히 핸드폰을 들여다보았다. 얼마나 지났을까? 팀장의 전화가 두 번 울리고 문자도 몇 개인가 날아들었다. 새 문자를 확인한 팀장, 물을 원샷하고는 자리를 털고 일어섰다.

"박 경위에 대해 특별한 비리가 나오면 연락하십시오. 하지만 오늘은 아닌 것 같군요."

"오늘 맞습니다."

창규의 입가에 빙그레 미소가 피어올랐다. 출입문에 들어선 상길 때문이었다.

"변호사님, 늦었습니다."

상길이 자료 몇 장을 내밀었다.

"바쁘시다니 팀장님이 직접 보시죠."

창규의 말에 자료는 팀장 쪽으로 넘어갔다. 박태후의 필리핀 도박 원정과 제집처럼 드나드는 법원 경매장, 피시방의 화면 캡처, 마누라 이름으로 거래된 부동산 목록들이었다. 하지만 경매장에는 언제나 박태후 혼자. 노련한 팀장이 맥락을 파악하는 데는 오랜 시간이 걸리지 않았다. 자료를 훑어본 강력 팀장. 그의 어깨가 뻐근하게 굳어가는 게 보였다.

"이거⋯⋯."

팀장이 고개를 들었다. 그 이마에서 식은땀이 흘러내리고 있었다.

"맛보기입니다. 디테일한 정보도 곧 정리가 될 것으로 봅니다만."

"⋯⋯!"

"그거 가져가서 박태후 입 막으세요. 검찰에서 출두 명령이 올 거라는 말과 함께."

"……"

"그만 하면 제 말대로 하실 수 있겠죠?"

창규는 넋 나간 팀장을 뒤로 하고 커피 전문점을 나섰다.

"변호사님."

따라나온 상길이 창규를 불렀다.

"수고했어."

"수고야 사무장님이 하셨죠. 저는 뭐 심부름 다닌 거밖에."

"그렇게 치면 나도 심부름이야. 변호사는 뭐 별달라?"

"변호사님……."

창규의 격려에 상길은 콧등이 시큰해졌다. 작은 수고까지도 챙겨주는 변호사. 게다가 진짜 신이라도 들린 듯 일 처리까지도 치밀한 변호사. 상길은 창규의 매력에 점점 빠져들었다.

〈경악스러운 전소 살인사건 살인마 곽성현, 충격의 자백〉

6년여 전, 일어난 한국판 레미제라블 팥빵 2인조 살인사건. 살인범으로 몰려 형을 살고 나와 결백을 주장하며 자살한 팥빵 2인조 살인사건의 진범임을 자백.

온 국민을 공포로 몰아넣은 노래방 도우미 전소 살인사건의 범인에게서 충격적인 자백이 나왔다. 여죄 수십 건 중에 또 다른 살인사건이 있었던 것. 그게 바로 팥빵 2인조 살인사건의 진범이라는 실토였다. 충격스러운 건 범인으로 몰린 두 청년이 얼마 전에 결백을 주장하며 동반 자살을 했다는 것.

더욱 큰 충격은 그 얼마 전에 곽성현이 다른 사건의 조사를 받던 도중 팥빵 2인조 사건의 진범이 자신이라고 실토했지만 경찰과 검찰에서 무시해 버렸다는 사실이었다.

이러한 사실은 석계수의 재심을 청구한 변호인의 조사 과정에서 밝혀졌다. 더 경악스러운 건, 사건 당시 현장 실무를 맡았던 수사관이 해외 원정 접대 도박 스케줄을 맞추기 위해 초고속 '예단' 수사를 감행, 지적장애인과 발달장애인인 두 청년을 살인범으로 짜 맞춘 정황이 나왔다는 것이다.

당시 현장 실무자였던 박 모 경사(현 경위)의 무리한 수사 흔적이 곳곳에서 나왔다. 분실된 귀금속의 행방도 찾지 못했고 조서도 그 자신이 작성해 사인을 강요했으며 범행 재연에서도 박 모 경사가 디테일한 연출까지 지시한 사실이 동영상으로 확인되었다.

이렇게 무리한 수사로 팥빵 두 개를 들고 나온 두 청년을 살인범으로 몰고 그 자신은 사건 브로커의 주선으로 필리핀 세부의 카지노에 VIP로 초청되어 수천만 원에 이르는 판돈과 향응을 받고 돌아와 장관 표창까지 거머쥐었다.

한심하기는 검찰과 재판부도 다르지 않았다. 검찰은 경찰의 수사 과정이 허술한 것을 알면서도 확인과 재수사에 소홀했고 두 청년에게 지적장애가 있음에도 '신뢰 관계자'를 참석시켜 확인하는 기본적인 과정조차 거치지 않았다.

"피해자가 발달장애인이나 지적장애가 있을 때는 조력자 동석이 잘 지켜지지만 피의자인 경우에는 그렇지 않은 경우가 많다. 제도가 좋아도 현장에서 피의자가 장애인인지 몰랐다라고 하면 그만인 게 현실이다. 전담 제도가 있지만 전담이라고 해서 장애인 사건만 담당하는 게 아니다."

경찰 관계자들조차 일부 자인하는 일이다.

재판부도 한결같았다. 허술한 증거와 현장검증에도 불구하고 자백만을 가지고 살인형을 선고함으로써 공정한 재판과 정의의 손길을 기다리던 장애인 청년들의 꿈을 짓밟는 데 일조하고 말았다.

진범의 자백은 무시하고, 기망과 강압적인 수사로 장애인 청년들에게 가짜 자백을 받아 인생을 망치게 한 경찰, 검찰, 재판부.

두 청년은 결백을 주장하며 죽었지만 그들이 조금만 관심을 기울였더라면 막을 수 있는 비극이었다. 묻혀가던 이 사건은 한 변호인의 노력으로 다시 관심사가 되었다. 모두가 거부하는 변론을 두말 없이 수임하고 나선 것. 그가 받은 수임료는 고작 석계수 조모의 낡은 금비녀 하나였다.

그러나 여전히 자신들의 잘못을 덮어버리기 위해 온갖 방해 수단을 동원하고 있는 관련자들과 그들의 조직. 억울한 사람은 죽었지만 이제라도 그 명예를 제대로 회복시켜 줄 지 대한민국 국민의 이름으로 지켜볼 일이다.

dobchan@hanbeadal.com

도병찬 기자의 기사가 나왔다. 그 아래로는 특집 박스 기사가 이어졌다. 현장검증 동영상 캡처 사진과 석계수와 김장호의 메모장이었다. 두 청년은 바보가 아니었다. 하지만 정상인보다는 조금 부족했다. 나란히 게재된 조서는 사무적이었다. 누가 봐도 조작된 조서라는 걸 알 수 있었다.

현장검증 캡처도 그랬다. 박태후가 쥐어박는 장면이 있었다. 자신이 직접 시범을 보이는 장면도 있었다.

마지막으로 석계수의 주변 사람들 증언이 실렸다.

"큰 바퀴벌레만 봐도 움츠리는 아이가 어떻게 사람을?"

"석계수가 살인범이라는 건 동네 개도 안 믿습니다."

"애들이 좀 떨하다고 쥐 잡듯이 잡았어요."

"견찰이 쉽게 간 거지. 집안 별 볼 일 없어, 애들 모자라. 답 나온 거 아니야?"

박스 기사는 친할머니의 말을 끝으로 마무리가 되었다.

"우리 계수는 절대 아닙니다. 하늘이 두 쪽 나도 아니라고요."

기사와 방송의 파장은 엄청났다. 경찰은 여론의 집중포화를 맞았다. 종래에는 청와대까지 나서 진상 파악 지시를 내렸다. 박태후 경위는 당장 구속조치 되었다. 창규가 제공한 해외 원정 도박과 근무지 이탈, 직무 유기 등을 종합한 결과였다.

그것으로 끝나지 않았다. 여론은 당시 수사 검사와 판결을 내린 판사까지 처벌을 요구했다. 승진하여 자리를 옮긴 검사는 유감을 밝힐 뿐 더 이상의 언급을 피했다. 판사는 2년 전에 뇌경색으로 쓰러져 사망했기에 더는 문제 삼을 수 없었다.

재심 청구는 신속하게 열렸다. 그 또한 여론 덕분이었다.

변론일이 다가오자 여러 곳에서 격려와 응원의 전화가 왔다. 홈페이지 역시 응원 댓글로 홍수를 이루었다. 반가운 건 황태승 교수에게도 전화로 연락이 온 것이었다. 변호사가 된 이래로 처음이었다.

─힘내시게.

황 교수는 길게 말하지 않았다. 그럼에도 오래 여운으로 남았다.

재판정에 나가기 하루 전, 창규는 강력 팀장과 석계수의 할머니를 만났다. 또 한 사람의 희생자, 김장호의 어머니가 다녀간 직후였다.

"조서 복사본입니다."

팀장이 수사 조서 카피본을 내밀었다. 검찰 조서를 받아본 상황이지만 직접 와주니 그 또한 고마울 뿐이었다.

"고생 많으셨죠?"

창규가 차를 대접하며 물었다.

"아닙니다. 저야 변호사님 덕분에 완전히 꽁으로 먹은 사건이었죠."

"별말씀을… 어떤 경찰은 입에 넣어주는 떡도 안 먹고 방치하거든요."

"뭐, 일부 경찰의 나사 풀린 행동은 할 말이 없습니다. 하지만 우리 경찰도 이제 점차 시민을 위한 경찰로 거듭날 겁니다. 특히 이번 사건을 계기로……."

"서장님도 문책 인사를 당할 거라고 하던데?"

"맞습니다. 검찰이 박태후 까발렸더니 서장에게 뇌물 먹인 게 나왔답니다. 고급 양주하고 해외여행권. 해서 인정하는 것만 한 500만 원쯤 된다네요."

"잘된 건가요?"

"그럼요. 사실 우리 서장님이 아부 떠는 친구들에게 좀 후했죠. 저도 느끼던 사안이었지만 다들 좋은 게 좋은 거라고 넘기다 보니……."

"박태후는 옷 벗겠네요?"

"그 친구… 알고 보니 경찰은 껍데기였더라고요. 경찰이라는 안전한 조직에 몸담고서 축재에 열을 올렸어요. 경매 전문에 주식도 작전 세력 끼고… 이번 일로 변호사도 3억이나 주고 부장검사급 세 명을 선임했다는데 지인에게 전한 말이 걸작이었습니다."

"그래요?"

"그간 경찰에 아무 미련 없다고 했다더군요. 자기는 그저 근무시간에 마음대로 움직이고 정보 빼내는 데 유리해서 몸 담고 있었을 뿐, 경매 한 방이면 몇 천만 원씩 땡기는데 월급 3, 4백에 목맬 일 없다고⋯⋯."

"허얼!"

"더 가관인 건 서장도 그 친구 따라 마누라 명의로 두 번이나 경매를 받았다는 겁니다. 제가 얼굴이 다 화끈거릴 지경입니다."

"그러니 그렇게 끼고 돈 거 아니겠습니까?"

"아무튼 이번 일로 경찰이 많이 씹혔지만 개인적으로는 겸허히 받아들이고 심기일전하는 기회로 삼을 생각입니다."

"그러시길 바랍니다."

창규가 일어나 악수를 건넸다.

걸핏하면 국민에게 돌팔매를 맞는 경찰. 그럼에도 그 조직이 굳건한 건 이준모 팀장처럼 뚝심 있는 경찰이 있기 때문. 그건 창규에게도 행운이었다. 그가 강력 팀장으로 있었기에 일이 빨라진 것이다.

다음 차례는 석계수 할머니였다. 미혜가 회의실 문을 열어 주자 할머니는 바로 통곡부터 시작했다.

"아이고, 변호사님!"

"왜 이러세요. 이제 곧 손자가 누명을 벗게 될 텐데……."

창규가 다가가 할머니를 부축했다.

"그러니까 이 늙은이가 우는 거지요. 좋아서 우는 거예요."

"그래요?"

"아이고, 고맙습니다. 내가 변호사님 안 만나고 포기하고 갔으면 천추의 한이 되었을 겁니다."

"아닙니다. 다른 변호사 누군가가 손자의 결백을 밝혔을 거예요."

"아뇨. 다들 고개를 저었어요. 재판도 승산 없고, 돈도 없는 주제에 무슨 변호사냐며……."

"……."

"우리 계수… 내일 재판에서 이기는 거죠?"

"장담은 못 하지만 그렇게 될 겁니다."

"아이고, 계수야아……."

"이제 그만하세요. 힘 모았다가 내일 재판에서 발휘해야죠."

"아, 그래서 이거 가져왔어요. 받아주세요."

"뭐죠?"

"제가 뒷산에서 캔 홍도라지예요. 3년 전에 캐서 갖은 산야초하고 발효시켜 두었는데… 실은 손자 출소하면 보신시킨다는 게 그만……."

할머니가 작은 항아리를 내밀었다. 도라지청에서 산향(山香)이 물씬 풍겨 나왔다.

"이렇게 되려고 그런 건지 도라지가 무척 컸어요. 동네 보신원에서 홍도라지는 산삼하고도 바꾸는 거라며 30만 원 준다는 것도 안 팔았거든요. 이거 드시고 내일 변론 부탁해요. 우리 계수 속이 시원해지도록!"

할머니가 도라지청을 한 숟가락 내밀었다.

"이건 저보다 할머니가……."

"안 돼요. 이건 꼭 드셔야 해요. 변호사 비용도 제대로 못 드렸는데……."

할머니가 고집을 부렸다. 꼼짝없이 도라지청을 받아먹는 수밖에 없었다.

'흐음……'

좋았다. 도라지는 원래 기관지나 목이 아플 때 좋다고 하는 식품이자 약재였다.

"어때요?"

할머니가 듬성듬성한 앞니를 드러내며 물었다.

"좋은데요? 한 숟가락 더 주세요."

창규가 입맛을 다시며 말했다.

"아이고, 원하시는 대로 드려야죠. 자, 아……!"

기분이 좋아진 할머니가 한 숟가락을 더 펐다. 창규는 그것도 꿀떡 받아먹었다.

"할머니가 손자 주려고 정성을 듬뿍 담아서 그런지 아주 환상이네요."

"고마워요. 변호사님."

"할머니, 집에 손자 영정 있죠?"

"당연히 있지요."

"그럼 이건 저는 이제 됐으니까 이건 그만 가져가시고……."

창규가 할머니 귀에 대고 몇 마디 속삭였다. 할머니의 눈이 휘둥그레졌다.

"그, 그래도 되나요?"

"그럼요. 저만 믿으세요."

"아이고, 우리 변호사님, 완전 족집게시네. 그렇잖아도 내가 그런 생각을 하기는 했었는데……."

"자, 그럼 파이팅입니다."

창규가 손바닥을 내밀었다. 할머니도 그 뜻을 알아 짝 소리가 나도록 부딪쳤다.

콜록콜록!

"미혜 씨 물 좀!"

할머니가 나가자 창규가 목을 잡고 소리쳤다.

"왜요? 도라지청 맛있다고 하시더니……."

"맛은 있지. 하지만 너무 단 데다 다른 산야초들의 냄새가 너무 강해서… 콜록!"

"그런데 한 번 더 받아먹으신 거예요?"

"아니면? 저렇게 애가 타는 할머니 앞에서 맛없다고 거절할 까?"

"변호사님……."

"어허, 목 아픈 건 난데 미혜 씨가 왜 눈물을 글썽거려? 가서 사무장님하고 상길 씨나 오라고 해요. 변론 전략 마무리해야 하니까."

창규는 괜히 근엄한 척 미혜를 밀어냈다.

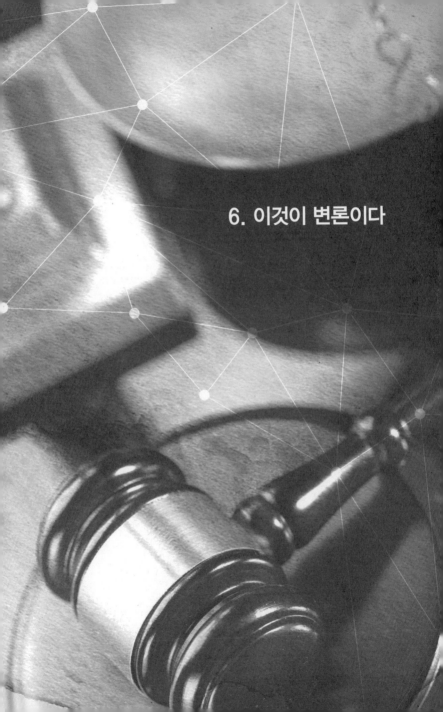

6. 이것이 변론이다

"일동 기립, 재판장님 입정하십니다."

제 43호 형사부 법정. 재판장 입정을 알리는 멘트가 나왔다. 문이 열리고 판사들이 들어왔다. 창규와 할머니, 김장호의 어머니는 이미 입정해 있었다. 검찰 측 공판 검사도 마찬가지였다.

방청석에는 기자들과 친지들이 가득했다. 사무장 정수라와 상길도 자리를 잡은 채 주목하고 있었다.

검찰 측 논고가 시작되었다. 그들의 공소 이유는 크게 변하지 않았다.

1) 피해자 피살 시간대에 석계수와 김장호가 범행 장소에 있었고.

2) 족적을 남겼으며.

3) 그들이 방에서 팥빵 가게의 빵봉지가 나왔고.

4) 흉기로 쓴 팬에 지문이 남았다는 것.

5) 범인의 자백과 진술 확보.

6) 팥빵 가게에 무단으로 들어와 빵을 건드리다 피살자에게 욕을 먹은 적이 있어 앙심으로 인한 살인 동기 충족.

경찰과 검찰이 석계수와 김장호를 범인으로 볼 상황과 여지가 충분했다는 논지였다. 반성의 여지가 없는 후안무치의 논리였다.

"이제야 진범을 주장하는 사람이 나타났다는 건 유감으로 봅니다. 하지만 당시의 상황으로는 석계수와 김장호를 범인으로 판단하는 데 모든 조건이 부합했습니다."

"우!"

검사의 공소 이유가 강조되자 방청석이 술렁거렸다. 아까는 보이지 않던 도 기자가 눈에 들어왔다. 그의 곁에는 단아한 자태의 여인이 보였다. 색깔이 짙은 안경에 마스크와 스카프. 미세 먼지 알레르기가 있나 싶을 정도로 얼굴을 가린 모습이었다.

"더구나 범인들이 추후 결백을 주장했다고 하나 그 주장은 피의자라면 누구나 어필하는 수준이었습니다. 그건 기제출한 검찰의 조서에서도 입증되고 있습니다."

검찰의 조서.

그건 창규도 검토한 사안이었다. 조서에는 석계수가 억울하다고 한 횟수는 1회라고 적시되어 있었다.

'피의자 중 석계수, 억울함을 1회 피력함.'

그게 전부였다. 하지만 설령 수십 회를 말하고 몸부림을 친들 어쨌을 것인가? 검찰 수사관들이 1회라고 하면 그런 것이다. 당시 석계수와 김장호는 형식적인 국변(국선변호인) 외에 누구의 조력도 받지 못하는 상황이었다.

"지금 진범을 주장하는 사람이 나타났지만 아직 재판으로 범죄 사실이 선고된 바도 아닙니다. 따라서 이 사건은 어느 쪽으로도 예단되어서는 안 되며 재판부의 엄정한 이성과 냉철한 판단력이 요구되어진다고 생각합니다. 이상입니다."

"이……"

공판 검사의 논지가 끝나기도 전에 할머니가 벌떡 일어섰다. 창규가 손을 잡아 진정시켰다. 재판은 감정싸움이 아니다.

68번 패소.

실패를 통해 그 생리를 너무나 잘 아는 창규였다. 재판부의 감정에 호소는 할 수 있을지언정 감정만으로 원하는 판결을 이끌어낼 수는 없었다.

"존경하는 재판장님!"

창규가 일어섰다. 재판장 옆에는 두 주임 판사가 배석해 있다. 좌측은 초임 판사이고 우측은 그보다 경력이 많은 판사가 앉는 게 통례다. 그러나 셋은 평결에 있어 같은 권한을 갖는다. 재판장이 마음대로 하는 게 아니라는 얘기. 적어도 법리상으로는 그랬다.

시선의 타켓을 좌배석 판사에게 맞췄다. 초임 판사라면 표정 관리가 쉽지 않다. 때로는 법정에서, 변호사로 나온 대학은사에게 눈인사를 하는 경우도 있었다. 그들 역시 인간이기 때문이다.

"변론을 시작하기 전에 허락을 구할 일이 있습니다."

"말해보세요."

재판장이 창규의 말을 받았다.

"재심 청구는 석계수의 조모와 김장호의 친모가 했지만 그 주체는 석계수와 김장호입니다. 유감스럽게도 둘은 결백의 호소를 들어주지 않는 세상에 목숨으로 항거하는 바람에 이 자리에 나올 수 없습니다. 하지만 이 재심은 명백히 그 둘을 위한 자리이니 영정 사진이나마 참석할 수 있도록 허락해 주실 것을 요청합니다."

창규의 시선은 여전히 좌배석 판사 쪽이었다. 여자 판사인 그녀의 콧등이 시큰해지는 게 보였다. 노련한 재판장은 그걸 눈치챘다. 슬쩍 눈짓으로 좌배석 판사의 주의를 상기시켰다.

방청석이 다시 한번 술렁거렸다. 그사이에 검사 측에서 밥통을 지키겠다고 나섰다.

"본 건의 청구인들이 배석했으니 사족에 불과한 일입니다."

"억울하게 죽은 두 사람이 사족이라면 대체 뭐가 머리고 몸통이라는 말입니까? 그들 위에 군림한 경찰과 검찰입니까?"

창규가 바로 응수했다.

"재판장님, 변호인 측은 법리가 아니라 감정을 자극하고 있습니다. 수용해서는 안 될 사안입니다."

"감정이 아니라 최소한의 명예를 지켜주자는 겁니다. 청구인들의 청구 취지 또한 그쪽입니다."

또렷이 응수하면서 다시 좌배석 판사를 바라보는 창규. 그녀의 콧등이 점점 더 붉어지는 게 보였다. 재판장은 반대편의 우배석 판사를 돌아보았다. 그의 시선 또한 신참인 좌배석 판사를 의식하는 기색이 역력했다.

"수락합니다."

결국 재판장의 허락이 떨어졌다. 창규는 쾌재를 숨기고 할머니와 김장호 어머니 성지연에게 신호를 보냈다. 두 여자는 흰 보자기에 고이 싸온 영정을 꺼내놓았다. 이게 바로 창규가 할머니의 귀에 속삭인 내용이었다.

석계수와 김장호.

문 열린 팥빵집에서 빵 하나 들고 나왔다가 살인범으로 몰려 버린 기구한 팔자. 그 무게를 견디지 못하고 죽음으로 결백을 주장한 청년들. 그들은 마땅히 재판정에 있을 권리가 있었다.

"고맙습니다. 재판장님, 두 청년의 인사도 받아주시죠."

창규가 말하자 두 여인이 영정으로 재판장에게 인사를 올렸다. 검사가 뭐라고 항변하려 했지만 창규의 변론이 그 행동을 막았다.

"검찰 측에서는 긴 논조로 자신들의 과실을 포장했습니다. 하지만 그 주장은 헌법과 형사소송법에 정면으로 배치되고 있습니다. 검사께서는 두 법에 명기된 조항, 고문, 폭행, 협박, 구속이 부당하고 장기화되거나 기망 등의 상황에서 이뤄진 자백은 증거에서 배척한다는 사실을 잊은 듯합니다. 나아가 장애인 차별 금지법 제26조 역시 그렇습니다. 둘 중 하나만 제대로 적용했더라도 저기 있는 석계수와 김장호, 두 청년은 장애로 다소 불편은 할지언정 가족과 함께 행복하게 살고 있었을 일입니다."

잠시 좌중을 둘러본 창규가 다시 변론을 이어갔다.

"이 사건은 경찰의 무리한 범인 만들기와 검찰의 방관, 나아가 국선변호인과 재판부의 실책까지 겹친 총체적인 비극입니다. 그럼에도 불구하고 검찰 측에서는 진범에 대한 선고 전이라는 말로써 고인들의 명예에 오물을 끼얹고 있으니 개탄스러울 뿐입니다."

"이의 있습니다. 변호인은 지금 사건의 본질을 호도하고 있습니다."

"호도가 검찰과 경찰의 행위를 말하는 거라면 솔직한 심정으로는 백번 해도 모자랄 것으로 생각합니다만."

거기서 창규의 카리스마가 폭발했다. 칼날처럼 검사를 응시하는 창규. 법정의 분위기가 후끈 달아올랐다.

짝짝짝!

방청객들이 박수로 지지를 보냈다. 그들 중 일부는 기립 박수였다.

"여러분, 이러시면 안 됩니다. 재판에 방해가 되니 앉아주세요. 박수도 안 됩니다. 차후에 한 번 더 같은 행동을 하시면 퇴정될 수 있음을 알려 드립니다."

법정 경위들이 나서 방청객들을 제지했다. 그래도 박수는 그치지 않았고, 재판장 역시 이례적으로 말리지 않았다.

증인들이 나왔다. 당시 검찰 수사관이 나오고 형사들도 각 2명씩 나왔다. 사건 담당 수사 검사였던 검사는 증인 출석에 응하지 않았다. 부장검사가 된 그는 현안 사건 수사 중임을 이유로 내세웠다.

'오냐, 너는 따로 손봐주마.'

창규는 느긋하게 생각했다. 그는 부장검사. 도망간다고 해 봤자 조직의 그늘 속일 뿐이었다.

창규는 네 명의 증인을 아작 직전까지 몰고 갔다. 착하게도 쌍식귀가 통한 것이다.

"증인은 석계수가 알고 보면 고단수 지능범이라고 했다죠?"

"……."

"왜 그렇게 생각했나요?"

"자꾸 진술을 번복해서……."

"번복이 아니라 없는 일을 강요하니까 자기방어를 한 거 아 니었을까요?"

"……."

"짜장면을 테이블에 쏟아놓고 먹으라고 했죠?"

"그건……."

"당신이 엎었습니다. 엎고도 모자라 그릇으로 확 헤치기까 지 했죠."

"……!"

"석계수의 얼굴을 그 위에 문지르기도 했고요."

"……."

"우!"

방청객에서 탄성이 터져 나왔다.

"재판장님, 변호인은 지금 허튼 상상으로 증인을 겁박하고 있습니다."

"상상인지 아닌지는 증인의 대답을 들어보면 알 거 아닙니까?"

흥분한 검사의 말에 창규는 차가운 이성으로 대꾸했다. 허접하게 올라간 검사의 목소리와 차분하게 응수하는 변호사. 법정의 분위기는 창규 쪽으로 기운 지 오래였다.

"그런 사실 있습니까? 없습니까?"

"있… 습니다."

"우!"

초동 취조를 맡은 형사가 자인하자 한 번 더 법정이 술렁거렸다. 그 또한 창규만이 이끌어낼 수 있는 숨겨진 증거였다. 창규는 쉬지 않고 증인들을 옥조여 나갔다.

"당신은 더 심한 짓도 서슴지 않았죠?"

이번 증인은 검찰 수사관이었다.

"이 화보 기억합니까?"

창규가 손에 든 건 속옷만 입은 여자가 낯 뜨거운 포즈를 취한 장면이었다.

"기억 안 납니다."

수사관은 바로 부인했다.

"그럴 리가요? 이건 당신 핸드폰에 숨김 파일로 들어 있는 동영상입니다. 당신이 10여 년 전부터 무료할 때 애용하는……."

"……."

"제가 잘못 말하고 있다면 지금 핸드폰을 열어서 확인해 봐도 되겠습니까?"

"재판장님, 변호인 측은 지금 본 사안과 관련 없는 증언을 강요하고 있습니다."

다시 검사 측의 반론이 나왔다.

"인정합니다. 변호인은 자중하세요."

재판장이 경고를 날렸지만 창규의 반론이 날아갔다.

"관련 없는 게 아닙니다. 증인은 이 사진으로 석계수와 김장호의 인격을 유린하며 자백의 수용을 강요했습니다. 시간 낭비 말고 현장검증을 한 방에 끝내주면 이 사진의 주인공이 나오는 동영상으로 자위행위도 시켜줄 용의도 있다는 모욕적 취지의 발언을 했기 때문입니다. 아닙니까?"

"……."

수사관은 대답하지 않았다. 하지만 그 표정에서 이미 답은 나오고 있었다. 두툼한 볼을 타고 식은땀이 비 오듯 흐른 것이다. 나머지 두 증인도 칼날 같은 질문으로 위선을 벗겨냈다. 쌍식귀들 덕분에 취조와 조사 당시의 상황을 모조리 재현한 창규. 검찰 측 증인들에게 재갈이 될 핵심 사안만을 골라 만천하에 공표한 것이다.

변론은 끝났다. 창규의 압승이었다. 스피치 능력까지도 훌쩍 성장한 느낌의 창규였다. 방어에 나선 공판 검사는 혀를 내두르는 것 외에 할 말이 없었다. 그가 미리 검찰 수사관들에게 입조심을 당부한 사안까지 모조리 공개된 까닭이었다.

덕분에 선고 기일도 최단기일 내로 잡혔다. 하루라도 빨리 두 청년의 명예를 살려달라는 창규의 요청이 수용된 것. 그건 좌배석 판사에 대한 공략이 먹힌 것도 있었다. 그녀는 내내 창규에게 호의적인 표정이었다.

"아이고, 변호사님!"

변론이 끝나자 할머니와 성지연이 창규 품에 뛰어들었다. 둘은 창규를 안고 펑펑 통곡을 했다. 그때도 두 여인은 아들들의 영정을 놓지 않았다.

"오늘 칼날같은 팩트 변론을 들은 것 같습니다. 방청객들도 전부 감동의 도가니였습니다. 최종 선고를 어떻게 예상하십니까?"

방송사들이 카메라와 마이크를 들이댔다. 이번에는 마 여사의 아들 사체를 찾은 것보다도 더 빛나는 주목이었다. 팩트를 찔러댄 송곳 변론이 인정을 받은 것이다.

"그 대답은 여기 부모님들이 하시는 게 맞을 거 같습니다."

창규는 할머니와 성지연에게 공을 넘겼다.

"이러고도 지들이 우리 아들에게 무죄를 선언하지 않으면 인간도 아니지요."

"하모, 우리 아이들은 무죄입니다. 하늘이 알고 땅이 알아요."

두 여인은 억장을 쥐어뜯으며 호소했다. 옆의 창규는 가만히 고개를 끄덕였다. 피가 뜨거웠다. 변호사가 된 후로 처음 느끼는 감격이었다. 억울한 자들의 구제. 원래 꿈꾸던 변호사의 이상. 그러나 현실과 능력 때문에 머리에만 들어 있던 이상을 실현한 순간이었다.

'좋네.'

할머니를 모시며 창규가 웃었다. 덤으로 얻은 목숨의 가치가 크게 느껴졌다. 혼귀들과의 계약도 더 애틋하게 느껴졌다. 부부나 커플 관계를 깨는 일이 더러는 부담도 되었던 창규. 하지만 그로 인해 이런 보람을 느낄 수만 있다면 문제가 될 것도 없었다. 그 모든 것을 상쇄하는 뿌듯함이었다.

"변호사님!"

사무장과 상길이 몰려왔다.

"오늘 카리스마 진짜 짱이었습니다."

"우와, 저는 말이 안 나와요. 저희만 부려 먹는 줄 알았더니 언제 그런 자료까지 섭렵했대요?"

"변호사님, 너무 멋져요."

둘은 엄지를 세워 보이며 좋아했다.

"엄마!"

세 사람 옆에서 한 꼬마가 제 엄마를 향해 물었다.

"응?"

"그런데 왜 법원에 망치가 없어? 땅땅땅!"

꼬마가 망치질하는 흉내를 냈다.

"응? 글쎄… 전에는 있었던 거 같은데? 선고일이 아니라서 그런가?"

난감해하는 엄마를 위해 창규가 나섰다.

"엄마 말이 맞아. 전에는 땅땅땅 법봉이라는 망치를 내려 쳤는데 지금은 바뀌었지. 이제는 말로 하지 망치 소리는 내지 않아."

"하지만 텔레비전에는 있어요."

"응, 그건 그냥 보기 좋게 하려고……."

창규가 마무리 설명을 하자 아이는 고개를 끄덕였다. 아이 엄마가 고마움을 전해왔다. 성지연의 동생이었다. 조카의 재판에 달려온 것이다. 그녀가 원해 기념사진까지 찍게 되었다.

"변호사 아저씨 짱!"

촬영 후에 꼬마가 양손을 들어 엄지를 세워주었다.

"고마워."

그 영광은 쌍식귀에게 돌렸다. 이제는 그런 여유도 생겼다. 창규는 제대로 익어가고 있었다.

"강 변!"

커피점 테이블에서 손을 든 사람은 도병찬 기자였다. 그의 곁에는 아까 법정에서 보았던 중년 여인이 앉아 있었다.

"죄송합니다. 재판부 좀 잠깐 만나느라……."

창규가 인사를 전했다.

"괜찮아. 나도 그동안 기사 전송하고 있었거든. 1보 올렸는데 반응이 폭발적이야. 벌써 댓글이 800개가 넘은 거 있지?"

도 기자가 노트북 화면을 보여주었다. 상당수 댓글들이 검찰과 재판부를 성토하고 있었다.

—판사 새끼 뒈졌다고? 석계수 귀신이 데려갔구만.

—검사 쉐리는 안 데려가나?

—개한민국 썩은 견찰, 썩은 판견.

—세월이 흘러도 유전무죄, 이제는 거기에 더해 장애유죄.

—헬조선 수준 나오는구나.

댓글의 논조는 한결같았다.

"아, 인사해. 이분은 신보라 씨. 알지?"

창규는 도 기자가 여인을 소개하는 통에 고개를 들었다.

신보라?

많이 들은 이름이지만 기억을 관통하지는 못했다. 누구지?

여자의 이름은 창규 뇌 안에서 빙글뱅글 돌았다.

"아직도 방송 콜 받는 분이셔. 옛날에 왜 국민 드라마 여주인공 하던 분……."

창규의 반응이 뜨뜻미지근하자 도 기자가 부연을 붙였다. 동시에 여자가 마스크와 안경을 벗었다. 사방이 훤해졌다. 그제야 아련하던 기억이 완성되었다. 그 여자였다. 드라마 히트 제조기. 마스크도 참해 재벌 집안의 청혼을 받은 여자. 이후로 두문불출 남편을 내조해 화제가 되었던 그 퇴역 배우.

"도 기자님은… 지금은 그냥 주부예요. 강 변호사님."

신보라가 조용히 웃었다. 여전히 20대 뺨치게 곱고 아름다운 자태지만 미소 속에 그늘이 짙었다.

"실은 내 먼 친척 동생이야. 뭐 워낙 유명하다 보니 친하지는 않지만……."

도 기자가 셀프 자백을 하고 나왔다.

"어우, 꼭 그렇게 밝혀야 해? 어릴 때 나한테 당한 보복이네."

신보라가 도 기자의 옆구리를 찔렀다. 친하지 않다지만 그렇게 보이지 않았다.

"신보라도 강 변 변론 과정 지켜봤어."

"네……."

"왠지 알아?"

"글쎄요?"

도 기자가 묻지만 감이 오지 않았다. 왕년의 빅 스타 연예인 신보라. 그녀가 석계수와 관련이 있는 것도 아닌 까닭이었다.

"야, 내가 이만큼 바람 잡았으면 이제 네가 얘기해라. 괜히 남의 사생활에 끼고 싶지 않으니까."

도 기자가 노트북을 챙겨 일어섰다.

"가시게요?"

창규가 물었다.

"이 친구가 말 못 할 고민이 있어요. 그런데 아무한테나 말 길 수도 없는 일이에요. 내 동생 알지? 그놈도 소개시켜 줬지만 애가 뺀찌를 놓더라고."

도병찬의 동생이라면 도현승 변호사다. 그렇다면 소송 건인 모양이었다. 본래 좋은 소송은 소개로 온다. 그건 황태숭 교수의 지론이었다. 그러자면 작은 소송에도 최선을 다해야 하는 것. 그게 변호사의 자세라고 했다.

"그러더니 강 변 기사보고 마음이 쏠린 눈치야. 어떤 사람인지 직접 보고 싶다길래 공판에 데려왔어. 강 변이 상담받고 알아서 하라고."

"예……."

"난 가도 되지?"

도 기자가 신보라에게 물었다. 신보라는 미소로 대답을 전했다.

"……."

"……."

둘 사이에 어색한 침묵이 흘렀다. 아직 전후 사정을 모르는 창규였다. 그렇기에 함부로 입을 떼기도 쉽지 않았다.

"지난번에 홍태리 이혼소송 맡으셨죠?"

한참이 지나서야 신보라가 입을 열었다.

"예……."

"제 이혼소송도 좀 맡아줄 수 있어요?"

"예?"

놀란 창규가 팔딱 고개를 들었다. 재벌가로 시집을 간 후에도 별문제 없는 연예인의 한 명으로 부러움을 사는 여자. 그런데 이혼이라니?

"아시다시피 제가 대놓고 소송을 벌일 상황은 아니에요. 그래서 조용히 정리하고 싶은데 아무래도 믿을 만한 변호사가 없어서……."

"……."

"제 주변에 변호사는 많지만 다 남편 쪽 사람들이거든요."

"예……."

공감이 가는 말이었다. 남편은 재벌 회사의 경영자. 그러면 특급 로펌의 고문급 변호사들도 좌지우지하는 막강한 사람. 변호사들이 누구 편에 설지 자명할 일이었다.

"알 만한 로펌들도 역시 남편의 영향력……."

"……."

"맡아주시겠어요?"

"……."

"특별한 조건은 없어요. 딸아이만 제가 맡을 수 있다면."

―친권, 양육권 확보.

―상대는 재벌 남편.

"어쩌면 가장 어려운 조건이군요."

창규가 웃었다. 재벌가의 이혼. 재산 정리보다 어려운 게 친권과 양육권이었다. 게다가 재벌 쪽이 남자라면 더욱 쟁점이 소지가 높았다.

"안 될까요?"

그녀가 창규를 바라보았다. 창규도 그녀를 바라보았다. 그녀의 볼에 破자만 떠준다면 자동으로 맡게 되는 수임. 그러나 그녀의 볼은 은은한 파운데이션 흔적뿐이었다.

破!

아쉬운 한 글자.

그렇다고 볼에 그려줄 수도 없는 글자.

"안 됩니다."

창규가 대답했다.

"……!"

여자의 눈가에 실망감이 스쳐갔다.

"지금은 말입니다. 밀린 수임이 있어서요."

"그럼 언제쯤?"

여지를 남기자 다시 맑아지는 신보라의 눈.

"저를 믿고 소송을 맡기실 거라면 양육에 유리한 자료를 모으며 기다리세요. 그렇게 오래 걸리지는 않을 겁니다."

"그러니까 얼마나… 대략이라도?"

"길어야 한두 달요?"

"고맙습니다."

창규가 반수락을 하자 신보라가 반색을 했다.

"하지만 제 수임료는 비쌉니다. 유전고액무전소액 원칙이거든요."

"친권과 양육권만 갖게 해주시면 5억 드리겠어요."

'5억?'

신보라의 배팅은 화끈했다. 아니, 그보다는 아이에 대한 사랑이 깊은 거라고 생각했다.

"제 연락처예요. 가급적이면 빠른 시간에 부탁드려요."

"애써보겠습니다."

창규가 대답하자 신보라는 인사를 남기고 총총 사라졌다. 그녀가 떠난 자리에는 명함 한 장이 남았다.

─벽란한지공예원 대표 신보라.

그녀의 직함은 한지공예원 대표였다. 한지와 신보라. 단아한 이미지와 잘 어울렸다.

재벌의 이혼소송.

어쩌면 특급 로펌인 정앤김이나 태종을 상대하게 될 수도 있었다. 쟁쟁한 대법관이나 법원장, 혹은 부장판사 출신으로 꾸려진 변호인단 20여 명의 변론인 사단. 이건 상상이 아니었다. 럭셔리 금수저들은 첨예한 사안일 때 10여 명의 거물 변호인단을 꾸리는 게 다반사였다. 상대의 기를 초장에 꺾으려는 것이다.

20 대 1.

숫자를 상상하니 피가 끓었다. 두려움은 들지 않고 충돌하고 싶은 것이다.

'쌍식귀의 힘인가?'

창규가 웃으며 일어섰다. 로펌을 상대하게 된다면 혼자는 불가능했다. 반드시 쌍식귀의 힘이 필요했다. 그러자면 선결조건이 있었다.

─수임 번호 003에의 착수.

그게 먼저였다.

그보다는 또, 팥빵 2인조 소송의 매듭이 먼저였다. 그러기 위해서는 선고 전에 할 일이 있었다. 마지막 남은 화살. 창규는 그걸 뽑아 들었다.

창규는 검찰청 복도에 있었다. 끝빵 2인조 사건 당시 수사 검사를 맡았던 이혁재를 만나기 위해서였다. 검찰청에 들어오는 일은 어렵지 않았다. 지인도 몇 명 있고 후배 중에 신참 검사도 있었다.

창규는 처음부터 이혁재를 겨냥했다. 증인으로 출석하지 않은 이혁재. 하지만 그에게 면죄부를 주고서는 무죄가 선언된다고 해도 개운치 않을 일이었다.

결자해지.

창규는 그걸 원했다. 법 감정으로는 허용되지 않는 일임을 알고 있었다. 하지만 이 일은 이미 법의 울타리를 벗어났다. 억울하게 범인으로 몰린 두 청년은 결백을 주장하고 목숨을 끊었다. 할머니는 손자의 명예 회복을 바랐다. 그 명예 회복에는 가해 당사자의 처벌이 동반되어야 했다.

그건 어려운 일이었다. 수사상의 판단 착오가 있다고 해서, 선고의 미스가 있다고 해서 검사나 판사가 처벌받는 경우는 거의 없었다. 기껏해야 자체 징계로 감봉을 하거나 한직으로 '잠시' 돌려 여론의 파도를 넘으면 그만인 것이다.

발칵!

부장검사 이혁재.

그 문을 그냥 열어버렸다. 노크를 할 정도로 대우할 인간이 아니었다.

"뭐요?"

사무실 안에는 두 사람이 있었다. 이혁재 앞에서 보고를 하는 사람은 고참 수사관으로 보였다.

"뭐냐고 묻지 않습니까?"

수사관이 목청을 높였다. 부장검사 앞에서의 충성심 발현이었다.

"팥빵 2인조 재심을 청구한 변호사 강창규입니다."

천천히 명함을 꺼내 보이는 창규.

"빵 가게 재심?"

수사관의 인상이 확 일그러졌다.

"이 부장님을 잠시 뵙고 싶어서 왔습니다."

"이봐요. 우리 부장님은 지금 다른 사건으로 눈코 뜰 새 없습니다. 나가세요."

수사관이 완력으로 창규를 밀었다.

"잠깐이면 됩니다."

"잠깐이고 나발이고 나가라고요. 아, 현관 출입자 담당하는 자식들은 뭐 하는 놈들이야?"

수사관이 중얼거리는 틈을 타서 완력을 빠져나왔다. 창규는 옆으로 비켜서며 이혁재에게 선빵을 날렸다.

"검사님도 피해자 인격 모독 하셨지 않습니까? 옷을 발가벗겨

놓고 그 인근에서 일어난 미제 성폭행 사건까지 자백하라며."

"……?"

"결재 서류철로 석계수의 성기를 찌르며 압박하고……."

"……?"

"시간 끌면 사형이라고도 했던가요?"

창규는 쌍식귀들의 리딩 정보를 유감없이 쏟아놓았다. 동영상을 보는 듯 그려내는 그날의 풍경. 졸지에 팩트 폭격을 받은 이혁재는 할 말을 잃고 말았다.

"마지막은 더 걸작이었죠. 이렇게 나오면 네 할머니 수급자 자격도 없애 버린다."

"……."

"그래도 면담할 기분이 들지 않는다면 조금 더 센 걸로 들어가 볼까요? 그날 저녁 심문을 마치고, 횡령 건으로 입건 중인 장태산 사장의 아들 장경국 씨와 강남의 풀살롱에서 벌인 술판……."

"야!"

듣고 있던 이혁재가 비로소 반응을 했다. 그 기세를 등에 업은 수사관이 창규 팔목을 잡아끌었다.

"김 계장은 나가 있어."

"예?"

반전의 결정에 수사관이 고개를 들었다.

"헛소리를 해대는 걸 보니 변호사 양반이 작심하고 온 모양이군. 그냥 돌려보내면 더 엉뚱한 소리하실지 모르니 잠시 하소연이라도 들어주는 수밖에."

이혁재가 소파에 앉았다. 창규는 그 앞에 앉았다. 문 쪽의 수사관은 고개를 갸웃거리더니 문을 닫고 나갔다.

"역시 센스가 있으시군요. 그 와중에도 존경할 만한 순발력입니다."

"당신, 능력 있군."

이혁재가 싸아한 시선을 겨누었다.

"능력이 없으니 여기까지 찾아온 거 아닙니까? 능력 있으면 검사님을 증인대에 세웠죠."

"뜻밖이야. 변호사 기록을 보니 이 정도는 아니던데… 출신 로스쿨도 허접하고 변호사로서의 소송기록도……."

"68연패 말이군요. 폭망이죠?"

"갑자기 쓸 만한 정보통이나 브로커라도 문 건가?"

"쥐구멍에도 볕 들 날 있다지 않습니까?"

"나한테 원하는 게 뭔가?"

"그걸 듣자면 제가 가지고 있는 자산을 일단 보여 드려야 할 거 같은데……."

"나에 대한 투서라도 받았나?"

"투서가 아니라 역사이자 진실입니다."

"풋!"

이혁재가 웃었다. 비웃음이 분명했다.

"아까 하던 얘기 이어나갈까요? 그날 풀살롱 이름은 피렌체 였군요. 지하에는 풀살롱, 1층부터 10층까지는 호텔. 술은 그 렌피딕을 마시고 동석한 아가씨는 서유라, 22살, 금발 염색에 키는 168?"

"……!"

"한 병을 비우고 8층 객실로 올라갔죠? 더 자세히 말하면 피차 쑥스러울 거 같은데요? 하지만 별로 중요하지 않습니다. 여기서 팩트는 성 성납이 아니라 수사 중인 사건의 친족에게 향응을 받았다는 사실일 테니까요. 검찰 복무법, 공무원 복무 법을 모르실 리는 없고……."

"……."

이혁재는 대답하지 않았다. 움켜쥔 주먹과 얼굴 근육에 무 서운 경련이 일 뿐이었다.

"원하신다면 초임 검사 때 피의자 측 변호인에게 받은 금품 부터 지난 연휴에 향응으로 다녀온 베트남 골프까지 밤새 읊 을 수도 있습니다만……."

창규가 고개를 들었다. 이혁재의 정신 줄은 이미 백척간두 위에 있었다.

진실!

누구든 자기 자신에 대한 진실을 가장 잘 아는 사람은 자기 자신이었다. 창규의 말은 허튼 루머나 '카더라'가 아니었다. 단 하나의 오류도 없이 짚어내는 팩트. 그중 하나만 입증되어도 이혁재의 미래는 사라질 판이었다.

"이제 보니 석계수의 결백 증명이 아니라 나한테 억하심정이 있었던 게요?"

이혁재의 목소리가 변했다. 위세를 부리던 갑의 위치에서 포지션이 내려온 것이다.

"그럴 리가요? 저는 이 검사님을 이번에야 알게 되었습니다."

"그런데 어떻게?"

"저는 팩트만 말했는데 검사님은 변죽만 울리실 겁니까?"

창규의 목소리가 이혁재를 겨누었다.

"으음……."

"……."

"솔직히 말하자면 나도 피해자요. 선후배 중에 검사도 있을 테니 알 거 아닙니까? 검사들이 처리해야 할 업무가 얼마인지 압니까? 때로는 한 달에 100건도 넘는 사건을 다뤄야 합니다."

"그래도 술 마시고 향응받을 시간은 있었지 않습니까?"

"그거야 인간관계상……."

"생각 같아서는 기어이 증인대에 올려 공개적인 사과를 받아내고 싶지만 검찰 조직의 생리로 보아 응하지 않으실 테고……"

"……"

"솔직히 개인적으로는 어떻게 생각하십니까?"

"뭘 말이오?"

"석계수와 김장호 말입니다."

"그야… 나도 사람인데……"

"반성합니까?"

"그렇소. 그렇다고 형기 마치고 나온 마당에 자살까지 하다
니……"

"그럼 이번 선고가 어떻게 나올 것으로 봅니까?"

"아마 무죄……"

"무죄가 선고된다면 당시 수사진과 재판진 모두가 과실이라
는 등식이 성립되겠군요?"

"……"

"국민의 한 사람으로서의 감정은, 무죄가 선고되면 관련자
들 전원이 석계수가 복역한 6년 정도는 실형으로 살아야 한다
고 생각합니다만……"

"……"

―이에는 이.

―억울한 사람 처넣었으니 너희도 똑같이 살아봐.

사이다 같은 판결이다. 하지만 대한민국 법원에 사이다는

없었다.

"칼자루를 쥔 쪽에는 그런 처벌 전례가 없더군요. 심지어는 공개 사죄 한 경우도."

"……."

"이렇게 하시죠. 유죄가 선고된다면 저도 할 말이 없습니다. 한 번 썩은 게 두 번은 못 썩겠습니까만."

"……."

"하지만 무죄가 선고된다면 개인적으로라도 사죄하시길 요청합니다."

창규가 떡밥을 던졌다. 현직 부장검사를 엮으려면 공을 많이 들여야 한다. 조직적 반발도 굉장할 것이다. 그렇기에 실리를 택하는 것이다.

"개인적으로라면?"

이혁재가 고개를 들었다.

"석계수의 조모와 김장호의 어머니에게 말입니다. 자리는 내가 만들어 드리죠."

"강 변호사……."

"당신들 권력적 가해자의 최소한의 도리입니다. 더구나 이 검사님은 그만한 위치에 있었어요. 설령 경찰에서 그런 식으로 덮어씌우기 공적 치장 수사를 해왔더라도 얼마든지 재수사 지시를 내릴 수 있었지 않습니까?"

"……."

"거부하는 건 검사님 자유입니다. 다만 그로 인해 발생되는 저의 조치에 대해서는 원망하지 말기 바랍니다."

창규가 일어섰다. 꼿꼿한 자세로 문을 향해 걸었다. 문이 닫길 때 이혁재의 한숨이 밀려 나왔다. 부장검사의 권력이 팽팽한 방. 그러나 적어도 오늘만은 지옥의 공간 중 하나일 게 분명했다. 그래봤자 석계수와 김장호의 지옥에 비하면 깜도 되지 않겠지만.

선고는 벼락처럼 내려졌다. 보통 판사들은 일주일에 한 번 정도 재판에 나선다. 하지만 최근 들어 늘어났다. 민사는 두 번인 경우가 많았고 형사재판 역시 일주일에 두 번, 많을 때는 서너 번 법정에 들어서는 판사도 드물지 않았다. 국민 의식이 높아지면서 소송이 많아진 것도 한 원인이었다.

검찰 측에서 물고 늘어지지 않은 것도 도움이 되었다. 증거를 제출합네 어쩌네 하면 선고 기일이 밀리는 건 당연한 수순이었다.

그렇다면 평상시의 재판은 왜 그렇게 오래 걸리는 걸까? 그건 판사의 업무가 가내수공업형이기 때문이다. 재판 기록의 양은 일반인의 상상을 초월한다. 많은 경우 트럭이 동원되는 경우도 있고 수만 장 정도는 껌에 속한다. 이 많은 기록을 판사들은 골무를 낀 손으로 넘기며 검토를 한다. 시간이 많이 걸릴 수밖에 없는 이유가 여기에 있었다. 지금은 전자 입력을 한다지만 화면을 쳐다본다고 소장이 저절로 머리에 들어오지는 않는 것이다.

선고 당일, 비가 내렸다. 창규는 할머니, 성지연 등과 함께 법원에 도착했다. 내외신 기자들이 몰려들었다.

"오늘 선고 어떻게 예상하십니까?"

"비가 오잖습니까?"

창규는 우산을 접었다. 빗방울이 창규 이마를 타고 흘러내렸다.

"비라고요?"

"하늘이 석계수와 김장호를 대신해 울어주는 거죠. 시대의 요청이 어쩌고 할 것도 없이 재판부가 현명한 결정을 해줄 것으로 믿습니다."

"무죄를 낙관하시는군요?"

"낙관이 아닙니다. 빼앗아갔던 것을 돌려주는 것이니 인심 쓰듯 말하면 곤란합니다."

"......!"

기자들의 입을 막고 돌아섰다. 창규의 진심이었다.

"강 변호사!"

복도 쪽에서 반가운 목소리가 들려왔다. 황태승 교수와 선후배 몇 명이었다.

"교수님, 여긴 어쩐 일로?"

창규가 다가섰다.

"어쩐 일이라니? 내 제자가 역사적인 소송을 하는데 당연히
응원을 와야지. 지난번에도 고작 전화밖에 못 했잖는가?"

"별일도 아닌데요……."

"별일 아닌 게 아니지. 사실은 법을 배운 사람들이 여기까
지 오지 않도록 해결했어야 할 일이었네. 하지만 입으로만 정
의와 법리를 설파하는 법조인들이 지천인 세상. 굽은 소나무
가 선산을 지킨다고 자네가 총대를 맸으니 열 번이라도 와봐
야지."

"뭐 그 정도 비장한 마음으로 시작한 건 아닙니다. 교수님
께서 의뢰인 기분에 묻어가지 말라고 했는데 그걸 깜빡 까먹
는 바람에……."

"하하핫!"

창규의 조크에 선후배들이 입을 맞춰 웃었다.

"분위기 보니 무죄 떨어질 것 같군. 장하네."

"그 인사는 이따가 받겠습니다. 요즘 국민감정과 다른 판결
을 내는 용감한(?) 법관들도 많으니까요."

"그래. 바로 그 정신이야."

황태승이 창규의 어깨를 두드려 주었다. 천군만마가 실리는

듯한 응원이었다.

"선배님."

이번에는 권일범이었다. 창규가 멋모르고 육경욱에게 소개해 줬던 후배 변호사. 그는 먹방 같은 공간에서 블랙으로 착취를 당하다 과로로 쓰러진 후에야 일을 그만두었다. 이후 병원 입원을 거쳐 집에서 가료 중인 상황. 어쩌면 원망을 할 만도 하건만 이렇게 와주니 콧날이 시큰한 창규였다.

"건강은?"

"백수가 건강 따집니까? 선배님도 마침내 꽉꽉 풀리시는군요."

"운이 좋은 거지 뭐. 권 변도 다시 복귀해야지?"

"헤헷, 실력도 없는 게 몸까지 부실해서 누가 땡겨줘야 말이죠. 이런저런 공사나 기업 법무 팀에 서류 넣고 있는데 오라는 데가 없네요. 선배님 혹시 막변 한 명 안 필요하세요?"

"하핫, 내 밑에 오면 있던 실력도 다 달아나지. 아무튼 잘해 봐."

"네, 선배님, 파이팅입니다."

권일범이 주먹을 쥐어 보였다.

"일동 기립!"

멘트와 함께 판사들이 법정에 들어섰다. 장내는 이내 숙연해졌다.

"선고합니다!"

마침내 재판장이 입을 열었다. 창규의 시선이 재판장을 향했다. 할머니도 그렇고 성지연도 그랬다. 도 기자도 그렇고 사무장과 상길의 시선도 다르지 않았다.

　시선이 다른 사람은 단 하나였다. 공판 검사로 참가한 검찰 측 검사, 그의 시선만은 책상 위에서 갈피를 못 잡은 채 흔들리고 있었다.

　"선고에 앞서 고인이 된 당사자와 가족들에게 깊은 위로의 말씀을 드립니다."

　재판장은 여운을 남긴 후에 말을 이었다.

　"이 사건으로 하여 정신지체를 비롯한 약자들의 방어권 보장에 대해 깊이 돌아보게 되었습니다. 법복을 입은 한 사람으로서 그들의 권리를 지켜주지 못한 것을 한없이 부끄럽게 생각하며 재심의 청구를 받아들여……"

　재판장이 잠시 말을 멈췄다. 그리고 고요한 시선으로 법정을 돌아본 후에 마지막 한마디를 꺼내놓았다.

　"무죄를 선고합니다."

　땅땅땅!

　재판정에 법봉은 없다. 하지만 모두의 귀에는 또렷이 들렸다.

　무죄.

　무죄…….

　그 단 한 단어. 너무나 늦게 밝혀진 진실. 너무 늦어 유명을 달리한 당사자들. 하지만 끝내 그 명예에 덕지덕지 묻은 오물을 씻겨내 주는 한마디였다.

"아이고, 계수야!"

"장호야아!"

할머니와 성지연이 통곡을 하며 무너졌다. 길고 긴 세월, 살인자의 부모라는 손가락질을 받으며 살아온 그들이었다. 심한 경우에는 '장애인 주제에 꼴값을 한다'는 말도 들었다. 그때마다 억장이 무너졌지만 그들은 고개를 저었다. 손자가, 아들이 결코 그런 범죄를 저질렀을 리 없다는 신념이 있었던 것이다.

"아이고, 변호사님!"

두 여인이 창규 품에 뛰어들었다. 창규는 두 팔로 그녀들을 끌어안았다. 마침내 되찾은 명예. 그러나 너무 오래 걸린 시간. 법조인으로서 창규 또한 부끄러움에 목이 메이는 순간이었다.

―법은 만인 앞에 평등해야 한다.

누가 말했던가?

그 법이 언제 그런 적이 있었던가?

권력에 털리고 재력에 무너지며 상처투성이가 된 법. 그렇기에 창규는 그녀들의 뜨거운 통곡 앞에서 초연할 수 없었다.

"수고했어."

도병찬 기자의 위로는 그런 마음에 보내는 응원이었다.

"수고했어."

관심을 가지고 달려와 준 선후배 변호사들의 격려도 마찬가지였다.

언론의 인터뷰는 사절했다. 오늘 이 순간만은, 경찰도 검찰도, 심지어는 창규를 포함한 그 어느 법조인도 입을 나불거릴 자격이 없었다.

그 부끄러움에 할머니와 성지연이 불을 질렀다.

"우리 변호사님, 고작 금비녀 하나 받고 변호를 해주셨습니다. 형사 보상금 중 1억은 변호사비로 더 드리고 나머지는 지적장애인들을 위한 기금에 전액 기부 하겠습니다."

그 말이 국민 모두를 울렸다. 둘이 합치면 10억에 가까운 돈. 돈 한 푼에 목을 매는 졸부들과 제 몫만 챙기는 권력자들은 꿈도 꾸지 못할 '위대한' 결단이었다.

"저는 할 일을 했을 뿐입니다. 수임료는 이미 정당한 계약에 의해 받았으니 모두 할머니와 어머니의 이름으로 기부하는 게 옳습니다."

창규도 한 힘을 보탰다. 애당초 돈을 바라지 않은 소송이었다. 밖으로 나오니 햇살이 터져 있었다. 어느새 비가 그친 것이다.

"와아아!"

짝짝짝!

방청을 마치고 나온 사람들이 박수를 보내왔다. 인터넷을 보고 달려온 사람들이 꽃을 안겨주었다.

"강창규, 강창규!"

무슨 스타처럼 연호도 해주었다. 잠시 머쓱했지만 기분은 좋았다.

"축하하네."

떠나기 전의 황태승이 한 번 더 격려를 안겨주었다.

"교수님이 챙겨주시니 기분 좋네요. 이제 선고가 나왔으니 한 번 더 말씀해 주시죠."

황태승을 바라보는 창규의 눈시울이 붉어졌다.

"축하? 백 번은 못하겠나? 축하하네, 강 변호사."

황태승이 창규를 가볍게 껴안았다.

황태승 교수.

그와는 사실 깊은 인연이 있었다. 로스쿨 학생들 사이에서 고3에 비유해 로3으로 불리는 졸업반 시절, 창규는 중요한 시험에 부실한 답안을 냈었다. 그게 바로 황태승 교수의 시험이었다.

"자네 성적은 다음 시험까지 합쳐서 점수를 내겠네."

창규를 따로 부른 황태승의 말이었다. 사실은 낙제점을 줘야 할 시험지. 창규의 됨됨이를 눈여겨보던 교수가 기회를 준 것이다. 기말고사에 그 과목만큼은 최선을 다했다. 좋은 점수

를 받았다. 앞선 낙제점도 함께 구제를 받았다. 그걸 기회로
돈독해진 스승과 제자였다.

"안녕히 가십시오. 근간 한번 들르겠습니다."

창규는 스승의 그림자가 보이지 않을 때까지 오래 인사를
드렸다.

"나의 승소머신님, 가시죠."

대기 중이던 사무장이 자가용의 뒷문을 열어주었다.

승소머신.

그 말은 왜 또 귀에 착착 감겼을까? 운전대는 상길이 잡았
다. 차가 막 출발하려 할 때였다. 창규 전화의 진동이 울렸다.

'이혁재 검사?'

참고 삼아 저장해 두었던 이혁재 검사의 번호였다.

"여보세요?"

—나 이혁재요.

"아, 예."

—무죄가 선고되었군.

"이 나라 법조계의 양심이 실 끝만큼은 남아 있던 것 아니
겠습니까?"

—……

"용건을 말씀하시죠."

—지난번 그 말…….

"……"

―나 여기 법원에 와 있소. 염치없지만 조용히… 자리를 부탁하오.

"……!"

이혁재의 말이 떨어지자 창규의 긴장이 쫙 풀려 나갔다. 옵션으로 던졌던 개인적인 사죄. 사건 담당 검사가 그걸 수용한 것이다.

"사무장님, 미혜 씨, 미안하지만 내려서 할머니하고 김장호 어머니 좀 모셔오세요."

창규가 바삐 소리쳤다.

"예?"

"빨리요."

바람이 은행나무 잎을 날렸다. 그 나무 아래 창규와 할머니, 성지연이 서 있었다. 잠시 후에 자가용 한 대가 다가왔다.

끼익!

차가 멈추자 운전석에서 이혁재 검사가 내렸다. 깊은 심호흡으로 다가온 그는 옷깃을 여미고 두 여인에게 고개를 숙였다.

"당신……"

검사를 알아본 여인들은 금세 격앙되었다.

"당시의 일은 유감스럽게 되었습니다. 깊은 사죄를 드립니다."

"야, 이……."

할머니가 당겼다 놓은 대나무처럼 튀어나갔다.

찰싹!

창규는 그 소리를 예상했다. 두 여인이 달려들어 따귀를 치고 쥐어뜯으며 분노를 달래는 것. 하지만 두 여인은 창규의 상상을 가볍게 건너뛰었다.

"이 나쁜 사람, 당신이 조금만 신경을 써줬어도……."

할머니의 일탈은 울부짖으며 이혁재의 가슴팍을 두드린 것뿐이었다.

"아… 아휴!"

성지연도 그 자리에서 무너질 뿐 악에 받친 감정으로 검사를 대하지는 않았다. 어쩌면 몇 대쯤 맞을 각오도 하고 나왔을 이혁재. 두 여인의 절제된 감정 앞에서 양심이 무너지고 말았다.

"죄송합니다. 죄송합니다."

믿기지 않게도 그가 두 여인 앞에 무릎을 꿇었다. 창규가 상상하지 못한 '장면2'였다.

"장호 어머니, 나는 더 할 말 없소. 내 아들 이제 살인자 누명 벗었으니 검사를 족쳐 뭣하겠소. 장호 어머니 마음대로 하시오."

할머니는 충혈된 눈으로 성지연을 바라보았다.

"저도요. 마음 같아서는 솔직히 찢어 죽이고 싶지만 그런다고 우리 아들이 살아 돌아올 것도 아니고… 검사님."

"예……."

"이제라도 사과를 해줘서 고마워요. 어머니로서 한 가지 소원이 있다면 우리 애들 납골에 가서 한마디만 해주세요. 그저 미안하다고."

"그러죠."

그 요청도 이혁재가 받아들였다. 입에 발린 수락은 아닌 것 같았다.

석계수와 팥빵 2인조 재심 청구 사건은 이렇게 마무리가 되었다. 남은 건 국가배상 청구였지만 그 또한 잘될 것으로 믿었다.

가슴이 있는 승소머신.

직원들이 창규에게 그런 별명을 붙여주었다.

승소머신?

변호사에게는 훈장 같은 말이었다.

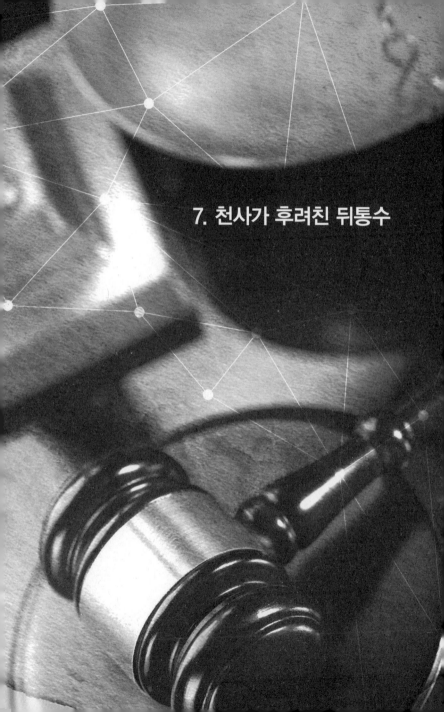

7. 천사가 후려친 뒤통수

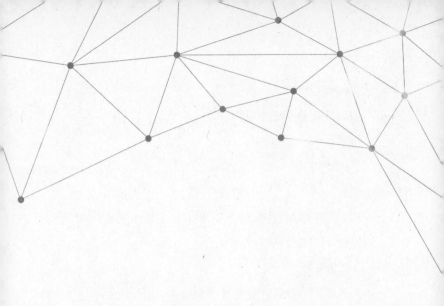

"아빠!"

회식을 겸해 식사를 마치고 집으로 돌아오자 승하가 반색을 했다.

"우리 승하 아직 안 잤어?"

창규는 아이스크림 케이크를 순비에게 넘겨주고 승하를 안아 들었다.

"하루 종일 아빠 타령인데 쉽게 자겠어요?"

순비가 웃었다.

"그랬어? 아빠를 왜 기다렸는데?"

"사랑하니까."

승하가 바로 대답했다.

"응?"

"사랑한다고."

쪽!

말이 끝나기도 전에 키스 작렬이다. 긴장과 피로가 쫙 풀려 나가는 판타지였다.

"얘, 엄마는?"

케이크를 담아내던 순비가 물었다.

"엄마는 안 돼. 엄마가 아빠랑 먼저 결혼했으니까 이제 나 랑 결혼할 차례야."

허리춤에 손을 짚은 승하가 당차게 받아쳤다.

"어머, 무서운 경쟁자 생겼네?"

순비가 맹한 표정을 지었다.

"아빠, 아!"

승하는 제 손으로 아이스크림을 떠서 창규 입에 넣었다. 그 리고는 저도 한 입 떠 넣는다. 그래봤자 흘리는 게 반이다. 두 번째 넣은 아이스크림은 볼에 닿았다가 떨어졌다.

"승하, 아이스크림 맛있어?"

볼을 닦아준 창규가 물었다.

"응, 너무 맛있어."

"그럼 엄마랑 자주 사 먹지……."

"아빠랑 먹어야 맛있어. 엄마는 맨날 동화책만 읽어."

"동화책이 싫어?"

"아빠가 읽어줘. 엄마는 화장실도 못 가게 해."

"얘, 그건 니가 책만 읽으면 화장실 간다고 하니까 그렇지."

순비가 이의를 제기했다.

"아빠는 화장실 가도 된다고 했거든."

"한번 가면 잘 안 나오는 건 누구더라?"

"아빠는 그래도 뭐라 안 해."

창규 무릎에 찰싹 붙어 앉은 승하는 철벽 방어를 펼친다.

"어휴, 서러워서 안 되겠다. 내 편드는 딸 하나 더 낳아야
지."

"그건 안 돼."

무릎에서 일어선 승하가 쏘아붙였다.

"왜?"

"동생이 생기면 아빠를 좋아할지도 몰라. 아빠는 나만 좋아
해야 해."

그러면서 창규 목에 감기는 승하.

"흐음, 당신은 좋겠어요? 딸이 저렇게 일편단심이니……."

순비의 목소리에 얇은 질투가 담겨 있다. 그녀는 아직 천상
여자였다. '아빠 내 거' 논리를 펼치던 승하는 창규 무릎에서

새근새근 잠이 들었다. 창규가 안아 침대에 누였다.

"당신 닮아서 제법 논리적이에요."

거실로 나오자 순비가 말했다.

"병원은 다녀왔어?"

"네."

"뭐래?"

"……."

"나쁜 소식?"

"그보다 이거 받아요."

순비가 내민 건 꽃다발이었다.

"웬 거야?"

"웬 거는요? 대한민국이 다 떠들썩하던데……."

"당신도 봤어?"

"당연하잖아요? 당신이 얼마나 자랑스러웠는지 몰라요."

"고마워."

"내가 그랬죠. 당신은 언젠가 법률가로서 날개를 펼 거라고."

"날개는 진작부터 있었어."

"네?"

"당신하고 승하. 내 진짜 날개……."

"그건 집에서로 족해요. 밖에서는 다른 억울한 사람들을 위한 날개가 되세요."

아내가 말했다. 착한 사람. 창규는 아내의 어깨를 품었다.

둘이 마주 앉아 와인 건배를 했다. 순비의 제안이었다. 순비의 몸이 좋지 않으므로 흉내만 냈다.

순비…… 당신 모르는 미션이 있어. 아직 400개도 더 남았어. 하나만 삐끗해도 나는 저세상이야. 그들이 내 목숨을 담보로 잡고 있거든. 하지만 걱정 마. 전처럼 무기력하게 추락하지 않을 거야. 석계수와 김장호를 지키듯, 당신과 승하도 지킬 거거든.

와인 맛처럼, 목을 넘어가는 창규의 다짐도 뜨거웠다.

창밖에서 참새가 울었다. 부스스 잠을 털고 일어났다. 순비는 자리에 없었다. 몸이 좋지 않으면서도 창규 아침밥은 지극정성으로 챙겨 먹이는 순비였다.

"왜 이렇게 일찍 일어났어요?"

거실로 나오자 주방에 있던 순비가 물었다.

"조금 자도 개운해."

창규가 다가가 이마에 아침 인사를 해주었다.

"당신은?"

"저야 뭐……"

순비가 말을 아꼈다. 순비의 신장은 방전 직전의 배터리와 같았다. 겨우 버티고 있지만 언제 '투석 개시'를 선언할지 모를 화약고였다.

투석!

전보다 장비가 많이 좋아졌다. 하지만 그걸 받기 시작하면 제약이 많았다. 창규는 이미 신장이식에 필요한 검사를 받았다. 결론은 No였다. 사랑하는데도, 부부인데도 신장을 줄 수 없는 것이다.

"우리 공주님은 아직 한밤이네?"

식사를 하며 승하 방을 바라보는 창규.

"그러게요. 저래놓고 당신이 그냥 가면 안 깨웠다고 떼를 쓰는 거 있죠?"

"좋을 때잖아?"

"네?"

"아무 생각 없이 잠잘 수 있는 거. 몸도 마음도 건강한 사람만이 누릴 수 있다던데?"

"일리가 있네요."

"당신, 오늘 내가 왜 일찍 가는지 알아?"

"말해주세요."

"일찍 가서 직원들 커피 타주려고."

"네?"

"요즘 새삼스럽게 깨달은 건데 변호사 사무실이라고 변호사가 주인공인 건 아니더라고. 직원들이 손발을 맞춰주지 않으면 변호사 혼자 뭘 하겠어?"

"그건 그래요."

"여자들은 원두커피에 설탕 안 넣지?"

"거의 그렇죠. 미혜 씨는 확실해요."

"오케이, 남자들은 원두커피에도 설탕 좀 넣는 취향이거든."

창규가 승하 방문을 열었다. 꼬마 숙녀는 담요를 차낸 채 꿈속을 날고 있었다.

"아빠 다녀올게."

쪽!

키스를 남기고 승하 방을 나왔다.

"잘 다녀오세요."

순비의 인사를 뒤로 하고 창규의 차는 도로에 올라섰다.

"……!"

출근 시간, 약간의 차이를 두고 사무실에 들어선 세 사람의 눈이 휘둥그레졌다. 특히 미혜가 그랬다.

"변호사님!"

미혜의 꾀꼬리가 쉰 소리를 냈다.

"왜? 식기 전에 마셔."

창규는 소파에 앉은 채 태연하게 응수했다.

"이거 변호사님이 내린 거예요?"

"응, 바리스타 자격증은 없지만 커피는 자격증 없이 타도 불법 아니잖아?"

"와아!"

미혜가 커피를 집어 들었다.

"감동인데요? 아니면 초울트라 고단수든지."

정수라가 고개를 갸웃하며 웃었다.

"전자는 알겠는데 후자는 무슨 뜻이죠?"

"이런 식으로 감동시켜서 우리를 마구 부려 먹으려는 계산? 안 그래도 변호사님 자료 찾아대느라 제가 10년은 늙는 판이거든요."

"그건 정말 고맙게 생각하고요……. 판공비는 아끼지 말고 쓰세요. 인맥 관리, 장난 아닌 거 압니다."

"흐음, 역시 고단수……."

"그리고 커피 한 잔 타는 거 신경 쓰지 마세요. 현직 대통령도 커피 타는 시대에 변호사가 커피 탄 게 대수예요? 정 그러면 내가 아예 커피 담당합니다."

"그럼 변호사 일은 누가 하고요?"

상길이 대화에 들어왔다.

"그런가? 다들 앉아."

창규가 자리를 권했다. 세 사람은 가뿐한 미소로 자리를 잡았다.

"다들 고마워요. 이번 팥빵 건도 알고 보면 여러분 덕분이
고……."

창규가 웃었다.

"그 얘기는 어제 회식으로 유효기간 만료된 거 아닌가요?"

사무장이 말했다.

"뭐 솔직히 말하면 곧 사무실도 확장 이전 해야 하고… 이
래저래 감회가 깊어서요."

"와아, 우리 정말 이사 가는구나."

미혜가 가장 반색을 했다.

"미혜 씨는 그렇게 좋아?"

"그럼요. 거기 육 변호사님이 얼마나 재수 없었어요? 우리
사무실은 마치 잡상인 취급하고… 그런데 그분 밀어내고 우리
가 그 자리로 간다니……."

"사무실이 커진다는 건 책임도 커진다는 거지."

"그래도 좋아요. 못 할 거 없잖아요."

"그런데 변호사님."

듣고 있던 사무장이 의견을 개진하고 나섰다.

"말하세요."

"사무실 확장 이전 하면 변호사 한 분 더 보강하면 어떨까
요? 수임 상담은 끊임이 없는데 변호사님은 일감 대주는 분

의 의뢰가 우선이라 다른 건까지 맡기에는 시간이 부족하고……."

"생각은 해봤는데 나 같은 놈 밑에 누가 오겠어요?"

"어머, 왜 이러세요? 겸손도 지나치면 화가 된다고 지금 대한민국에서 변호사님이 가장 핫한 변호사세요."

"내가요?"

"네에!"

사무장이 던진 화두에 직원들이 합창을 했다.

"에이, 농담도……."

"농담 아니에요. 인터넷 보세요. 장난 아니거든요. 게다가 취재 오겠다는 기자들도 변호사님 허락이 없길래 다 미뤄둔 상태라고요."

"그거야 반짝 인기죠. 우리가 견고한 로펌에 견줄 수 있겠어요?"

"까짓 로펌, 우리라고 못 될 거 있나요? 우리가 일당백이니 지금도 아담한 로펌이에요."

사무장의 마인드는 긍정적이었다. 매사가 그랬다.

"흐음, 그럼 내가 로펌 대표 변호사?"

"시시한 로펌 대표보다 백배는 나을걸요."

"변호사 보강이라……."

창규 뇌리에 권일범이 스쳐갔다. 어쩌면 창규가 빚을 진 후배. 건강이 조금 안 좋다지만 이제는 회복기. 더구나 묵묵하면서도 뚝심 있는 능력을 갖추고 있었다. 육경욱의 먹방에서 온갖 돈 되는 소송의 납품 초안과 판례 등을 다뤄본 것이다. 그렇게 치면 마구 굴려 먹어준 육경욱에게 감사를 드려야 할 지경이었다.

"알았어요. 이번 주 일요일이 사무실 이전이니 한번 알아는 볼게요."

"그리고 이거요."

사무장이 서류를 내놓으며 말을 이었다.

"특별한 의뢰나 상담 건 챙겨 보라고 하셨죠? 각각 세 건씩 짐해봤어요."

"땡큐!"

치하를 하고 회의실로 들어갔다. 혼자 생각할 때는 회의실이 최고였다. 창규의 회의실은 사실 손바닥만 했다. 처음에는 골방 같아서 싫었는데 그사이에 정이 들었다. 그 안에서 서류를 넘겼다.

억울한 사연들이 많았다. 욕심낼 수는 없지만 시간이 허락한다면 이런 수임도 받아야 했다. 매사 쌍식귀의 능력만 믿을 수는 없는 까닭이었다. 거기에는 사람들의 기대도 한몫을 했다. 만약, 그들이 창규의 실체를 안다면…….

뭐야? 귀신 먹어서 능력자 된 거야?

자기 실력이 아니구만?

그 반응의 상상은 그리 어려운 게 아니었다. 창규의 우려가 기우는 아니었다. 혼귀왕은 명쾌하게 옵션을 걸었다.

그들의 수임을 한 건 해결할 때마다 한 소송에 대해 능력 사용 가능.

—Buy one get one free!

혼귀들에게 목을 매면서 수임을 받는 건 원하지 않았다.

그래서 전문 서적도 많이 보강을 했다. 전문 세미나나 연구회도 가입을 했다. 책을 읽는 것만으로 뭐든지 할 수 있는 일은 없기 때문이었다.

마지막 장을 넘길 때 전화가 왔다. 황태승 교수였다.

"교수님."

"어, 강 변? 혹시 바쁜데 전화한 거 아닌가?"

"아닙니다. 교수님 전화라면 아무리 바빠도 받아야죠."

"허헛, 그렇게 무리할 필요는 없고… 부탁이 하나 있어서 말이야."

"말씀하십시오."

"시간을 비워주면 사람을 하나 보내겠네. 우리 교수 중 한 사람인데 인생 얘기 중에 자네가 내 제자라고 했더니 강 변에게 변론을 부탁하고 싶다고 해서 말이야."

"어떤 사건이죠?"

"혹시 잊혀질 권리라는 소송 경험 있나? 다들 무심하게 넘어가지만 당사자에게는 지옥 같은 고통이 될 수도 있는……."

"전에 제가 모시던 선배가 소액의 소송을 하는 걸 보기는 했습니다."

"강 변호사 생각은 어떤가?"

"글쎄요, 그쪽 소송은 많이 해보지 않아서……."

"이 양반이 다른 무엇보다 신뢰가 중요하다고 하는군. 나름 돈도 인맥도 있지만 '믿을맨'이 필요하다는 거지."

"예……."

"나하고도 막역한 사이인데 자네도 알 걸세. 아마 자네 졸업 무렵에 첫 강의를 시작하지 않았나 싶은데 자네 얘기를 듣더니 꽂힌 눈치야."

"예……."

"소송 내용으로 보아 소액 청구겠지만 수임 비용은 섭섭하지 않게 치를 수 있다고 하는군."

"비용은 문제없습니다."

"내가 강요할 일은 아니니 자네가 한번 만나보면……."

"그렇게 하지요."

"내가 연락하라고 할까?"

"아닙니다. 전화번호를 주시면 제가 하겠습니다."

"고맙네."

"예."

신보라 건 때문에 부담스럽지만 반수락을 하고 말았다. 황
교수의 부탁인 까닭이었다. 그는 제자들에게 민폐가 되는 일
을 하지 않는다. 그럼에도 전화를 했다면 상대방 교수에 대
한 신뢰가 보통이 아니라는 얘기. 그렇기에 단칼에 자를 수
없었다.

잊혀질 권리.

표준어로 하면 잊힐 권리이다. 인터넷 세상이 되면서 부각
된 용어다. 누군가는 인터넷에서 뜨기를 열망하지만 또 누군
가는 그곳에서 검색되기를 원치 않는다.

'일단 사안을 들어보고 결정하자.'

마음의 가닥을 잡았다. 들어보고, 소송으로 얻을 실익이 없
다면 그때 거절해도 늦지 않을 일이었다.

창규는 바빴다. 이전할 옆 사무실의 실내 인테리어 진척도
검토해야 했고 방송 인터뷰도 해야 했다. 인터뷰는 가급적 사
양하려 했지만 청탁이 줄을 이었다. 이러다가 하루 종일 꼼짝
도 못 할 것 같았다. 별수 없이 합동 인터뷰로 갈음했다.

부릉.

겨우 마무리를 하고 차에 올랐다.

혼귀 의뢰 수임 번호 003.

육경욱 건과 더블 매치로 들어온 사건이 기다리는 것이다.

차를 한윤기 원장 아내 쪽으로 몰았다. 상길이 운전해 준다는 걸 사양했다. 이 일은 혼자 해야 할 일이었다. 한 원장의 아내 나지수……. 그녀의 스케줄은 봉사회 홈페이지에서 건졌다. 일정을 보니 고정 봉사를 나가는 요양원에 있을 시간이었다. 일 년 365일의 대다수를 봉사 활동으로 보내는 여자. 가히 천사에 다름 아니었다.

가는 길에 공원을 지났다. 웨딩촬영을 하고 있었다. 신호등에 걸린 동안 가만히 눈팅을 했다. 흰 드레스를 입은 신부가 너무 행복해 보였다. 귀밑에 걸린 입은 아예 내려오지도 않았다.

결혼.

'결혼=행복'의 등식이 공식화된 것은 아니다. 하지만 적어도 기대를 갖게 하는 건 분명했다. 주변에 행복한 부부를 보면 부럽다. 닮고 싶다. 그런데 그 부부들이 쌩쇼를 하는 거라면? 남들 앞에서는 깨를 볶아대지만 집 안으로 들어가면 안면 몰수 하고 쌍욕이 난무하는 전쟁터가 된다면?

"푸우!"

한 원장과 그 아내의 얼굴을 매치시키니 한숨이 나왔다. 달과 해처럼 잘 어울리는 한 쌍이었다. 사이좋은 부부는 살면서 닮는다더니 분위기도 그랬다. 부부라고 말하지 않으면 남매처럼 보일 정도였다.

인간이기에 창규는, 한 원장 부부의 편이었다. 이번 건은 하늘이 두 쪽 나도 혼귀들의 에러가 되길 빌었다. 이토록 금슬 좋은 부부들조차 가면의 잉꼬 행세를 한다면 그만한 비극도 없는 까닭이었다.

창규가 에러를 기대하는 데는 또 다른 이유가 있었다. 혼귀들과의 계약 때문이었다. 혼귀들이 모르고 지나간 계약서의 내용…….. 그 행간에 감춰둔 창규의 자기방어 조항.

창규만 아는…….

―절대 비밀.

어쨌든 계약은 성립되었다. 창규가 위계와 협박으로 치룬 불공정 계약도 아니었다. 후환(?)은 우려되지만 당사자의 자유 의지로 성립된 것만은 분명했던 것이다.

신호가 터졌지만 차량은 움직이지 않았다. 알고 보니 차선 도색 공사 중이었다. 차선이 줄어들면서 잠시 정체가 되고 있는 것. 내친 김에 권일범에게 전화를 했다.

"권 변, 나야, 강창규."

―으악, 선배님!

전화기 너머에서 권일범이 반색을 했다.

"어디야?"

―병원에서 정기검진 끝내고 귀가하는 길입니다. 수치가 많이 좋아졌다고 해서 축하주 한잔 꺾을까 했더니 환자라고 다

들 꼬리를 사리네요. 백수라서 그러나?

"술이 땡겨?"

—간 때문에 입에 못 댄 지가 얼마입니까? 의사 말대로만 살 수 있나요?

"내가 같이 마셔줄까?"

—진짜요?

"날 잡아서 연락할게. 오늘은 예약이 많아서……."

—하핫, 언제든 5분 대기조로 있겠습니다. 전화 때려주세요.

일범은 쿨했다. 통화가 끝나기 전에 도로가 뚫렸다. 다음을 기약하고 전화를 끊었다.

미산요양원.

작은 마당을 낀 요양원이었다. 조금 떨어진 공용 주차장에 차를 세웠다. 마당을 보니 나지수의 차가 보였다. 가까운 곳에서 테이크아웃 커피를 들고 와 기다렸다. 우연을 가장해 만나, 그녀의 섭취물 리딩을 할 생각이었다.

'나온다.'

커피를 절반쯤 마셨을 무렵, 나지수가 나왔다. 그 곁에 찰싹 붙은 여자가 있었다. 놀랍게도 그녀와 닮아 보였다. 나중에 안 사실이지만 그녀의 친언니였다. 그러니까 그녀의 언니가 하는 요양원이었던 것이다.

"어, 사모님!"

자연스레 스쳐가며 아는 척을 했다.

"어머, 강 변호사님."

그녀도 창규를 알아보았다. 병원에서 몇 번 안면이 있는 까닭이었다. 언니는 슬그머니 자리를 피해주었다.

"여긴 웬일이세요?"

"변론 건 때문에 출장 나왔다가요, 여기도 봉사 오세요?"

"네? 네……."

그녀가 웃었다. 그 볼에 발그레 피어나는 홍조. 그냥 홍조이기만 하면 좋을 것을 글자로 변해갔다.

破!

'젠장.'

입맛이 썼지만 별수 없는 일이었다. 사소한 대화를 나누면서 섭취물의 리딩을 시작했다. 이렇게 착한 여자…… 이렇게 고운 여자……. 그럼에도 불구하고 혼귀왕들이 점지한 증거를 뒤져야 하니 마음이 편치 않았다.

창규 앞에서 나지수의 섭취물들이 소나기를 이루었다. 괜한 자책감에 정렬을 명하지 않은 것이다. 하지만 이내 시선을 가다듬었다. 어차피 피할 수 없는 일이었다.

시간 낭비 할 것도 없이 이성 카테고리부터 열었다. 매개 음식물은 커피. 커피 한 잔을 마시며 환자를 바라보고 있다. 남자 환자가 보였다. 숨만 붙은 사람이었다. 가만히 밀어냈다.

봉사가 일상이라는 여자. 그렇기에 이성 환자에게 애틋한 마음을 가진 모양이었다.

다음으로 보인 남자는 남편 한윤기였다. 그것 외에는 남자가 없었다.

'으음……'

신음이 나왔다. 일단은 다행이었다. 이렇게 되면, 한윤기 쪽의 하자를 살펴봐야 했다. 허얼, 젠장, 넨장, 된장이었다. 그 부처님 미소 닮은 사람이 호박씨의 명인이라는 거야?

'가만……'

이성 카테고리를 닫던 창규, 걸리는 게 있어 리딩을 멈췄다. 숨만 붙은 남자 환자. 불륜을 저지르고 싶어도 저지를 능력이 없는 남자. 그렇다면 정서적인 공감대라도 생긴 걸까? 흔히 말하는 플라토닉 러브? 그런 것도 혹시, 혼귀왕들의 질시의 대상이 되는 걸까?

그럴 수도 있었다. 확인이 필요했다. 창규의 입장에서는 뭐든 하나만 놓치면, 그래서 수임에 실패하면 생명 줄 절단 카운트다운에 들어간다. 온몸에 혼귀들의 핵폭탄이 심어진 까닭이었다.

'일단 한번 보고.'

별수 없이 환자의 폴더를 열었다. 그리고, 창규는 그 자리에 주저앉고 말았다.

"억!"

비명도 함께 터졌다.

"어머, 변호사님!"

놀란 나지수가 창규를 부축했다.

"괜찮으세요?"

"아, 예……."

창규는 그녀를 슬쩍 밀어냈다. 그러면서 다시 한번 확인했다.

환자.

이 요양원 특실에 있는 환자.

식물인간이 되어 시름시름 죽어가는 그 남자는…….

놀랍게도 나지수의 전 남편이었다.

[전 남편]

"윽!"

믿기지 않는 타이틀에 한 번 더 휘청거리는 창규였다.

"변호사님."

"아, 아닙니다. 볼일 보시죠."

차에 기댄 창규가 대답했다. 그녀가 바쁘다는 건 창규도 아는 사실이었다.

"정말 괜찮겠어요?"

"예. 잠깐 어지러워서……."

"큰일 하시느라 너무 무리했나 봐요. 괜찮으시면 저희 병원에라도……."

"그렇게 하겠습니다."

"그럼 저는……."

나지수는 인사와 함께 자가용에 올랐다. 그녀의 흰색 중형차는 단아하게 도로 쪽으로 멀어져 갔다.

"휴우!"

갈비뼈에 걸린 날숨을 남김없이 밀어냈다. 그런 다음 요양원을 바라보았다.

요양원 안의 젊은 남자.

—35세, 이름은 김장대.

—11살짜리 딸 김예은.

믿기지 않는 사실은 나지수가 '간호조무사' 학원을 다니던 22살 때로 거슬러 올라갔다. 지방 도시였다. 그 옆에 대학교가 있었다. 둘은 그곳에서 만났다. 기숙사에 있던 김장대는 나지수와 동거를 시작했다. 사실혼이 성립되는 것.

둘은 미치도록 사랑했다. 나지수는 간호조무사가 된 후에 병원에 근무하게 되었다. 김장대는 졸업반이 되었다. 그때 재미 삼아 나간 방파제 낚시가 둘의 인생에 비극의 그림자를 드리웠다. 김장대가 방파제의 테트라 포트 위에서 쏨뱅이를 잡다가 실족해 버린 것. 119가 출동했지만 그의 의식은 돌아오지 않았다.

나지수의 첫사랑, 동시에 김장대의 첫사랑. 작은 연인들의 행복은 김장대의 머리처럼 금이 가버렸다. 시간이 지나는 동안 나지수는 알게 되었다. 그의 몸에 김장대의 씨앗이 자라고 있다는 걸. 언니에게 고백하자 유산을 권했다. 나지수는 따르지 않았다. 의식이 돌아올 기약이 없는 김장대. 어린 마음에 그의 분신을 가지고 싶었던 것이다.

결국 아이를 낳았다. 시골의 할머니에게 맡겨 길렀다. 그러는 사이에 시어머니 격인 김장대의 어머니가 세상을 떠났다. 아버지를 사고를 보낸 후 그녀 자신은 암으로 뒤를 이은 것이다. 그녀는 남은 재산 전부를 나지수에게 주었다. 사실상의 며느리로서 아들을 돌봐준 데 대한, 앞으로도 아들을 돌봐달라는 완곡한 의미였다.

그 나지수에게 한윤기가 꽂혔다. 요양원을 하던 나지수의 언니가 세미나를 들으러 간 병원. 한윤기가 인턴으로 근무하던 곳. 언니를 만나러 온 나지수에게 꽂힌 한윤기. 열 일 제치고 공을 들였다.

아이를 낳았음에도 청순한 미모를 간직한 나지수였다. 언니는 동생에게 은밀한 '묘수'를 제안했다. 김장대의 부모님이 준

돈으로 언니에게 요양원을 차려준 동생에 대한 보답이기도 했다.

"과거를 감춰."

"하늘이 준 기회야."

신분 세탁.

그건 사랑에 눈 먼 사람들에게 그리 어려운 일도 아니었다. 혼인신고를 한 것도 아닌 까닭이었다. 아기는 싱글로 사는 언니가 딸로 삼았고 비밀을 아는 할머니는 세상을 뜬 후였다.

김장대는 언니의 요양원으로 옮겼다. 나지수는 다시 싱글에 처녀, 25살의 꽃다운 처녀로 변신했다.

돌싱이 아닌 처녀로의 귀환.

그녀의 귀환 동기는 불손하고 또 불손했다.

장대 씨와 아이를 위해서라면 뭐든 할 수 있어.

상대는 돈 많은 집안에다 잘나가는 의사야.

그이를 돌보는 데 경제적, 의학적으로 도움이 될 사람.

그야말로 꿩 먹고 알 먹는 거지.

'허얼······.'

명백한 기망이었다. 사실혼 관계를 숨겼고, 아이가 있다는 걸 숨겼다. 이것만으로도 빼도 박도 못 하고 무조건 이혼, 혼인 무효소송까지 나올 사안이었다.

게다가······.

그녀는 치밀하게 비상 대책까지 세웠다. 치명적인 아킬레스건을 감추기 위한 당연한 조치이기도 했다.

"너 말이야, 혹시라도 한 서방이 알게 되면 이렇게 둘러대. 평소에 잘 생각해 둬. 그래야 느닷없이 물어봐도 당황하지 않을 테니까."

한통속인 언니의 코치도 궤를 같이했다.

사랑을 빙자한 이용이었다.

선천적으로 자연스러운 미소와 애교로 속내를 감춘 것.

집안 좋고 능력도 있는 한윤기. 마음씨도 순해 나지수 마음대로 쥐락펴락할 수 있는 남자였다. 나지수에게는 로또 당첨에 다름 아니었다.

완벽하게 의도적.

과연 혼귀왕.

이 케이스 역시, 창규는 상상조차 할 수 없는 일이었다. 무려 아홉 살이나 어린 신부. 20대 초중반에 만난 그녀가 사실혼이자 아이까지 딸렸다는 걸 한윤기가 알 수 있었을까? 거기에 더해 간호사 행세.

그렇기에 나지수는 봉사 활동의 가면을 쓴 것이다. 간호조무사 출신이기에 간호사로는 취직할 수 없었다. 게다가 그녀 마음은 여전히 김장대에게 있었다. 죽는 날까지 결코 포기할 생각이 없는 나지수였다.

어쩐지 이 요양원 봉사 비중이 컸었다. 그녀의 봉사 활동 스케줄이 그랬다. 봉사라는 미명으로 불손한 목적을 완벽하게 커버한 것이다.

천사.

오염된 천사.

창규는 천사의 가면을 벗겼다.

'땡큐!'

망설이던 기분은 이제 창규에게 없었다. 이 또한 리얼 잉꼬 부부가 아니니 가책을 가질 필요가 없어진 것이다.

한윤기.

창규는 나지수와 한윤기가 만나던 날의 리딩을 떠올렸다. 레지던트 때의 한윤기, 수술장에서 나오기 무섭게 약속 장소로 달렸다. 한여름이었다. 달리면서 가운을 벗었다. 10분 늦게야 소개팅 장소에 도착했다. 예약된 자리를 보자 눈이 환하게 부서왔다. 나지수였다.

"죄송합니다. 과장님 수술이 생각보다 길어져서."

한윤기가 말하자 나지수가 물컵을 내밀었다. 얼음이 동동 뜬 컵이었다. 단숨에 마셨다. 더위가 싹 가셨다. 나지수는 또 다른 걸 내밀었다. 물티슈였다. 급하게 나오면서 손의 피가 덜 닦였던 것이다.

'예쁜 여자가 마음 씀씀이까지…….'

한윤기는 한 방에 무너지고 말았다. 나지수의 작심한 연기에 뻑 간 것이다.

"간호사시라고요?"

"병원은 안 다녀요."

"아, 저도 병원 별로 좋아하지 않습니다. 간호대 나왔다고 꼭 간호사 할 필요는 없지요."

"이해해 주서서 고마워요."

"미인이신데 제가 나이가 좀 많아서……."

"괜찮아요. 오빠 같아서 좋은걸요."

"고맙습니다. 지수 씨."

한윤기는 첫눈에 꽂혔다. 나아가 한윤기의 나이도 한몫을 했다. 열 살 가까이 차이가 나다 보니 나지수에게 올인한 것. 속셈이 있는 나지수는 그걸 이용했다. 애교로 한윤기를 녹여 버렸다. 돈과 사랑이 줄줄 나오는 한윤기였다. 그깟 웃음 따위 주지 못할 이유가 없었다.

나지수의 이중성.

한윤기 옆에서는 사랑이 넘치는 미소, 김장대를 간병할 때는 첫사랑의 애련. 그녀의 연기는 대성공에 이르렀다. 오늘에 이르기까지 그녀의 과거는 드러나지 않았고, 딴 주머니도 찼고, 대외적으로 잉꼬부부라는 이미지까지 완성한 것이다.

'후우!'

천사의 독살스러운 연기에 다시 한번 혀를 내두르는 창규였다.

한윤기 원장, 뒤통수 한번 체대로 맞았다.

뇌진탕 안 걸리고 산 게 다행이었다.

결혼 9년 차.

짧지 않은 시간이었다. 그런데 어째서 한윤기는 나지수의 '사기 행각'을 몰랐을까? 고개를 갸웃하면서도 한편으로 이해가 되었다. 이와 유사한 사건이 처음은 아니었던 것이다.

사기 결혼.

의외로 많았다. 작게는 카드 빚을 숨기는 사람부터, 없는 부모를 있다고 속이는 사람, 나이를 속이는 사람, 직업과 학력을 속이는 사람까지.

가장 많은 케이스가 나이다. 가장 루틴한 말이 '호적이 잘못됐어'다.

뜻밖에도 이런 일들은 잘 들통나지 않는다. 결혼하면서 '건강증명서'를 교환하는 사람은 많지만 신원 조회를 하거나 학력 증명서, 신용 증명서를 주고받는 사람은 거의 없기 때문이었다.

창규가 기억하는 사기 건도 그랬다. 남자의 경우도 있었고 여자의 케이스도 있지만 나지수가 여자이므로 여자를 짚어보았다.

한 남자가 혼인 무효소송을 제기했다. 여자에게 원인이 있었다. 여자는 결혼 전력이 있었고 숨겨진 아들도 있었다. 그 아들을 노부모에게 떠맡기고 처녀인 척 결혼을 한 것. 그 여자 역시 10여 년을 문제없이 살았다. 들통이 난 건 남자의 출장 때문이었다. 홍콩 출장을 갔던 남자, 현지에서 모시던 부장이 뇌출혈로 쓰러지는 바람에 스케줄을 접고 이틀 만에 귀가를 했다.

아내에게는 연락하지 않았다. 깜짝 놀래주려던 생각이었다.

"······!"

정말 깜짝 놀랐다. 남자도 그랬고 여자도 그랬다. 살며시 열고 들어간 아파트 현관문, 그 안에 낯선 남자의 운동화가 있었던 것이다. 아내는 거실에서 한 청년의 귓밥을 파주고 있었다. 그 청년의 머리에 허벅지가 시원하게 드러난 다리를 빌려준 채.

"뭐야?"

남자가 묻자 여자는 혼비백산을 했다. 여자가 사촌 동생이라고 둘러댔지만 누가 봐도 야릇한 그림. 더구나 여자는 사촌 남동생이 있다는 말을 한 적이 없었다. 다른 문제는 없지만 원래 씀씀이가 헤펐던 여자. 뒤를 캐자 돈의 행방이 드러났다. 살림과 쇼핑에 썼다고 한 돈 일부를 청년에게 정기적으로 송금을 했던 것. 알고 보니 청년은 여자의 아들이었다.

아들!

스무 살 시절, 제법 노는 이웃 동네 오빠에게 뻑 가 부모의 반대를 무릅쓰고 결혼했던 여자. 오빠가 바람이 나자 이혼을 선언하고 아이를 떠안았던 것.

그러나 앞길이 구만리 같은 딸을 그렇게 방치할 수 없었으니 노부부가 아이를 입적하고 딸을 새 출발 시켰던 것이다. 그 건 역시 가족들이 작당한 '사기' 결혼이었다.

그때 그 남자도 몰랐었다. 홍콩에서의 일정이 어긋나지 않았더라면 지금도 모른 채 살아갈 일이었다.

딸깍!

병원에 도착한 창규가 차에서 내렸다. 그대로 로비에 진입했다. 한쪽의 답은 나온 것. 한윤기를 리딩하면 어느 쪽에 줄을 서야 할지 답이 나올 일이었다. 창규는 조금이라도 유책책임이 적은 쪽에 설 생각이었다.

"강 변호사님!"

윤 원장은 수술 직후였다. 멸균이 필요하지만 않다면 수술 장갑을 끼고 나왔을지도 몰랐다.

"지나다 들렀는데 민폐가 되는 건 아닌지⋯⋯."

"민폐라뇨? 손님 오는 거만큼 좋은 일이 또 어디 있습니까? 아무도 안 찾아오는 사람, 대통령 하면 뭐 하겠어요?"

원장은 구석의 세면대에서 손을 씻었다.

"수술이 많은가 봅니다?"

"오래 걸리는 수술이 많아서 그래요."

"그러면 시간 대비 돈이 안 되지 않나요?"

슬쩍 인간성 확인에 들어가는 창규.

"의술이 돈으로 비교할 일입니까? 저는 이제 더 큰 욕심은 없고… 제 손으로 꺼져가는 생명들 하나라도 더 살리면 그것으로 충분합니다."

"존경스럽습니다."

"존경은… 그나저나 웬일이세요?"

"우리 집사람… 어떤가 해서요."

"아, 우리 병원 다녀갔죠?"

"예… 이식……."

"전에도 말씀드렸지만 신장이식 이외에는 마땅한 대안이… 물론 오늘 내일의 일은 아닙니다만……."

원장이 시선을 피했다. 그 틈에 그의 볼을 확인했다.

破!

보였다. 하지만 나지수의 것보다는 흐렸다. 이미 수임 001과 002를 경험한 창규. 단 두 건밖에 되지 않기에 속단하기 어렵지만 글자의 흔적이 강한 쪽이 더 유책적이라는 걸 기억하고 있었다.

'그게 맞다면 한 원장의 하자는 크지 않다는 건데…….'

그대로 리딩을 진행했다. 이성 카테고리를 열었다. 나지수만 들어 있는 건 아니었다. 한 원장의 이성 카테고리에 든 건 모두 다섯 명의 여자. 그러나 가장 선명한 건 나지수뿐. 나머지는 흐릿하게 바래고 있었다.

중학교 때가 첫사랑이었다. 공부를 잘한 윤기. 그러나 데이트에는 꽝이었다.

"넌 공부밖에 모르니? 오늘이 내 생일이잖아? 절교야!"

첫 여자에게는 그렇게 차였다.

두 번째는 대학교였다. 같은 의대 여학생과 썸을 탔다. 과제를 함께하면서 정이 들었다. 가끔은 섹스도 했다.

"나, 이 선배 좋아한다. 좀 내자."

어느 날 그녀가 말했다. 2년 선배에게 꽂혔다는 것이다. 두 번째 뺀지를 맞았다. 나머지 둘은 일회용이었다. 혈기왕성한 젊은 날에 한 번, 의사가 된 후에 선배에게 끌려 룸살롱에서 술에 떡이 된 채 비몽사몽 한 번. 아름답지 않지만 문제 삼을 수는 없는 경험이었다.

사랑이라는 이름으로 만난 마지막 여자가 바로 나지수였다. 그 외의 불륜 같은 건 없었다. 원장을 좋아하는 간호사 하나가 술에 취해 육탄 공세를 벌인 적이 있지만 모텔 침대에 얌전히 재우고 나온 원장이었다.

혹시 모르는 일이라 식귀1부터 차근차근 리딩에 들어갔다.

식용과 약용, 음용과 특용을 체크했다. 특용에도 별다른 건 없었다.

재미난 건… 특용에서 나온 개미였다. 한 원장은 개미를 많이 먹었다. 주로 초등학교 때였다. 그때의 한 원장은 빈곤했다. 아버지가 사업 실패로 잠적한 몇 년이었다. 친척집에 얹혀 살며 배로 곯았다. 그 집 뒷마당에 왕개미가 많았다.

"개미 똥구멍 빨아먹으면 맛 끝내준다."

시골 친구가 시범을 보여주었다. 심장이 좋지 않아 입술이 파리한 친구였다. 따라했다. 시큼한 맛이 났다. 그때부터 왕개미 똥구멍을 자주 빨았다. 배가 부를 리 없지만 재미는 있었다. 그러다 보면 삶의 고단함을 잊었다.

얼마 후에 그 심장병 친구가 죽었다. 한 원장의 마음이 아팠다.

어쩌면 한 원장, 심장 전문의가 된 것도, 가난한 나라의 아이들을 돕는 것도 그때의 기억 때문인지 모른다. 3년여 후에 아버지가 재기했다. 왕개미 똥구멍 빨기는 한 원장에게 큰 공부가 되었다. 이후로 한 번도 빈곤한 적이 없었지만 낭비와 사치를 몰랐던 것. 어린 한 원장에게는 왕개미 똥구멍이 스승인 셈이었다.

젠장!

거기까지 리딩하고 귀안을 멈췄다. 이 사람에게는 하자가 없었다. 소소한 일탈도 없이 가정에 충실한 사람.

내 운명은 나지수!

아내를 진짜 천사로 생각하며 자기 일에 매진하는 사람. 나지수만 문제가 없다면 한윤기야말로 천상배필의 한 쪽으로 꼽을 수 있는 사람이었다.

천사가 갉아먹는 뒤통수.

그 속임조차 모르고 살아가는 한윤기.

핏대가 올랐다. 한쪽이 순수하니 다른 쪽의 하자가 더 부각되었다. 차라리 같이 딴짓을 했으면 마음이 편할 것을. 서로의 위선과 파렴치함에 치를 떨더라도 이런 애상은 없었을 것을……

"전에도 말씀드렸다시피 아직도 우리나라는 장기이식에 대해 열린 사회가 아니라서……. 장기이식 단계라고 판정이 나면 바로 등록을 하셔야……."

원장의 친절한 설명은 귀에 들어오지 않았다. 창규는 고민하고 있었다. 어떻게 화두를 꺼내야 할까? 나지수의 사기를 어떻게 인지시켜야 할까?

직진!

창규는 갈등하는 마음을 다독였다. 망설일 시간이 없어. 이제 고작 003이야. 아직 441개나 남았다고. 인정이나 애잔함의 포로가 되어 일이 어긋나는 순간 네 몸의 시한폭탄은…….

쾅!

그렇게 되면 순비와 승하의 인생도…….

쾅!

박살이 나는 거야.

"원장님!"

마음을 정리한 창규가 입을 열었다.

"말씀하세요."

"집사람 문제는 그렇고… 실은 제가 좀 실수를 해서요."

"실수라고요?"

한윤기가 가만히 시선을 들었다. 여전히 평안한 미소였다.

"지난번에 기부한 수표 말입니다."

"예……."

"그게 액면을 잘못 보고 기부를 했습니다. 죄송하지만 교환
을 해야 할 것 같습니다."

"무슨 말씀이신지?"

"1억이 아니라 1천만 원짜리를 드린다는 게……."

"……?"

한 원장의 이마에 황당함이 스쳐갔다.

"제가 천만 원짜리를 드릴 테니 돌려주시면 고맙겠습니다."

"강 변호사님!"

"게다가 그 수표는 문제가 있더군요. 저도 몰랐는데 도난된 것 아니면 사기 범죄에 이용된 돈이라 경찰에서 압수를 할지도……."

"강 변호사님!"

한 원장의 미간이 점점 더 좁아졌다.

"가지고 계시면 원장님도 경찰 조사를 받게 될지도……."

"그럼 문제가 있는 돈을 제게 기부했다는 겁니까?"

"어쩌다 보니 본의 아니게……."

"실망이군요. 액수를 떠나서 강 변호사님에게 존경의 마음까지 들었었는데… 이제 보니 범죄와 관련된 돈이니 인심이나 쓰자는 거였습니까?"

"면목 없게 되었습니다."

"좋습니다. 저도 그런 돈은 사양합니다. 일부는 이미 외국 어린이들 입국시키는 데 지불했지만 물어드리죠. 사람 역시 겉만 보고 판단할 일이 아니로군요."

원장이 각을 세우며 일어섰다.

"원장님!"

"됐습니다. 차후로는 이런 식으로 살지 마십시오. 가장 순수해야 할 일을 더러운 돈으로 오염시키다니… 그런 돈인 줄 알았더라면 받지도 않았을 겁니다."

"진짜 순수를 오염시킨 건 따로 있습니다."

"뭐라고요?"

책상 앞으로 걸어간 원장이 눈빛을 세웠다.

"원장님의 사모님, 나지수 씨."

"그 입에 천사 같은 우리 집사람을 올리지 마시오. 심히 불쾌합니다."

"죄송하지만 제 수표는 문제없습니다. 어려운 이야기라 말을 돌린 거죠. 실은 원인 무효급의 중대 하자가 있는 건 제가 기부한 3억이 아니고 사모님입니다."

"뭐라고요?"

"사모님의 행적이 그렇다는 겁니다. 순백의 뒤에 숨겨진 은밀한 비밀……."

"이봐요!"

"혹시 말입니다. 어떤 여자가 어릴 때 결혼한 걸 감쪽같이 숨기고… 딸까지 있는데 다 숨기고, 처녀인 척 어떤 남자와 결혼했다면. 그 남자가 만약 원장님이라면 이해하실 수 있습니까?"

"무슨 과대망상적인 질문을 하는 겁니까?"

"이해하실 수 있는지……."

"모르면 모를까 알고 이해할 수 있는 남자가 어디 있습니까? 속이고 결혼했다면 그게 바로 사기지."

"다시 한번 더 확인하겠습니다. 그렇죠?"

"그렇다잖습니까? 그런데 그 생뚱맞은 이야기를 대체 왜 하는 겁니까?"

"사모님, 나지수 씨가 바로 그렇습니다."

"뭐야?"

"……."

"당신 미쳤어?"

"내가 미치지 않았다는 걸 증명하면 원장님의 이혼소송을 제게 맡겨주시길 부탁드립니다."

"이런 천박한!"

격해진 원장이 책상 위의 자료를 집어 던졌다. 자료는 창규 머리를 치며 흩어졌다.

"약속하시겠습니까?"

그래도 흔들림 없는 창규.

"오냐, 약속한다. 대신 헛소리라면 명예훼손으로 처넣을 테니까 각오하라고!"

벌컥벌컥!

원장은 테이블에 놓인 물 잔을 비워냈다. 그때까지 기다렸다. 그가 거칠게 물 잔을 놓았다. 이제, 소송을 맡겨줄 고객을 위해 팩트를 체크해 줄 시간이었다.

"원장님은 사모님에 대해 얼마나 알고 계십니까?"

"말 돌리지 말고 핵심만 말해!"

격앙된 원장이 창규를 다그쳤다.

"그러죠."

창규의 시선이 원장을 향했다. 창규는 우묵한 눈빛으로 말을 이었다.

"원장님이 아는 사모님은 나이와 이름 외에 전부 가짜입니다."

"뭐야?"

"나지수 씨는 간호사가 아닙니다. 정확히 말하면 그녀는 간호조무사지요. 나지수 씨는 초혼이 아닙니다. 정확히 말하면 재혼이지요. 나지수 씨는 처녀의 몸이 아닙니다. 정확히 말하면 열한 살 딸이 딸려 있지요. 나지수의 남편은 한 명이 아닙니다. 그녀의 남편은 둘이라고 보는 게 옳지요."

"이봐!"

쾅!

원장의 두 손이 책상을 내려쳤다. 창규는 계속 진격했다.

"평소 생활비가 많이 들었을 겁니다. 나지수 씨가 쓴 게 아니라 그 남자를 지원하기 위해 빼돌린 거지요. 결혼 둘째 달부터 지금까지 쭉."

"그건 집사람이 봉사 활동을 하다 보니 경비로 쓴 거야."

"그렇지 않습니다."

"아니라고?"

"예."

"당신 나한테 왜 이래? 당장 꺼져. 경찰 불러서 험한 꼴 당하게 하기 전에!"

"그 충격 이해합니다. 당사자가 아닌 저도 믿기 어려웠으니까요. 그렇기에 말 꺼내기가 어려웠던 겁니다. 가장 완벽한 아내로 믿었던 여자의 완벽한 이중성. 천사의 감춰진 이면. 아무리 사람 좋은 원장님이라도 받아들이기 힘들 사실입니다."

"꺼져, 꺼지라고!"

원장의 목소리는 한결 더 찢어졌다.

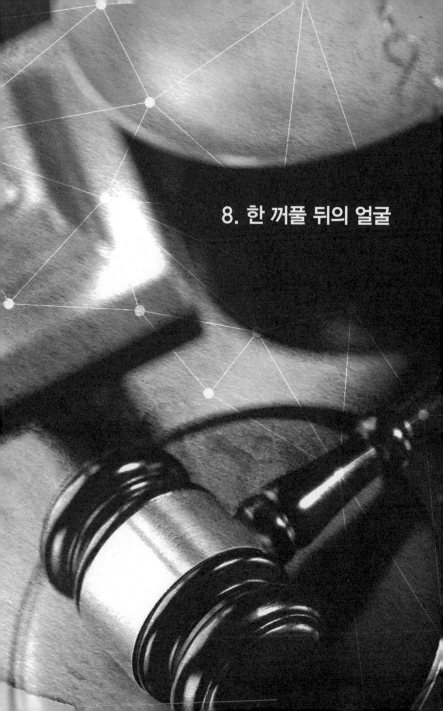

8. 한 꺼풀 뒤의 얼굴

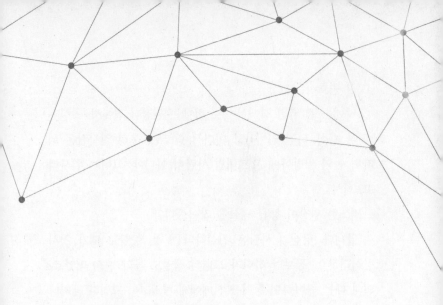

"나지수 씨 언니가 데리고 있는 아이… 아시죠?"

"……?"

"그 아이가 사모님의 아이입니다. 마지막 하나는……."

창규는 시선을 거두지 않은 채 쐐기를 박았다.

"사모님의 전 남편이 그녀 곁에 있다는 것. 언니의 요양원에서 날마다 그녀의 가료를 받으며 연명하고 있다는 것. 실은 그것 때문에 그녀는 봉사에 나설 수밖에 없었던 겁니다. 365일 거의 날마다 봉사를 나갔던 겁니다. 그래야 아무 의심 없이 전 남편을 보살필 수 있으니까요."

"강 변호사!"

"낮에는 전 남편 곁에서…… 밤에는 원장님 곁에서……."

"이 자식, 터진 입이라고 어디서 함부로. 우리 집사람은 너 따위 놈의 입방아에 오르내릴 사람이 아니야. 그녀는 천사라고, 천사!"

격노한 원장이 창규 멱살을 잡아챘다.

"압니다. 당신의 사랑은 진실하다는 것. 중학교 때가 첫사랑이더군요. 공부만 하다가 그녀의 생일도 몰라 뺀찌 먹었죠? 의대 때는 좋아하던 동기를 선배에게 뺏겼고… 그러다 세미나에 참석하는 언니를 따라온 사모님에게 반해 올인하게 되었습니다. 운명의 여자로 생각하며… 여자들의 육탄 공세도 마다하며."

"……?"

"왕개미 똥구멍을 빨면서 다져진 원장님의 인성입니다. 제가 그걸 몰라서 허튼 모함을 하고 다니겠습니까?"

"강 변호사……."

한 원장의 손아귀와 눈에서 힘이 빠져나가는 게 보였다. 왕개미 똥구멍 때문이었다. 그건 나지수조차 모르는 한 원장의 암흑기였다.

"당신이 그걸 어떻게?"

"죄송하지만 이것부터 좀 놔주시겠습니까?"

창규가 멱살을 가리켰다. 조금 진정된 원장이 한 발 물러섰다.

"제가 드린 말은 진실입니다. 저도 엄청난 일이라 고민했지만 원장님을 존경하기에 어렵게 말씀드린 겁니다. 그러니 흥분하지 마시고……."

"우리 지수가 재혼에다 딸까지 딸려? 게다가 전 남편이 있는 요양원에 봉사를 핑계로 날마다 간병을 가고?"

"예."

"그럴 리가. 내가 지수를 만났을 때 지수는 고작 스물다섯이었는데……."

"다 그런 건 아니지만 더러는 20살 안팎에 결혼하는 사람도 있습니다. 동거하는 경우도 많고요."

"아니야. 당신이 뭘 잘못 알았겠지. 세상 여자가 다 그래도 우리 지수만은 아니야."

한 원장이 정색을 했다. 애써 부정하는 모습은 차마 안타까울 지경이었다. 가난하고 헐벗은 이들을 위해 봉사의 손을 내준 아내. 그런데 그 목적이 다른 곳에 있었다니…….

바로 그때 원장의 핸드폰이 울렸다.

딩동디동!

원장의 눈빛에서 힘이 빠지는 게 보였다. 나지수인 모양이었다.

"받으세요."

창규가 말했다. 원장은 잠시 목을 가다듬고 전화를 받았다.

—여보, 저예요. 오늘 일 끝났어요?

수화기 너머에서 명랑한 목소리가 흘러나왔다. 정말이지 사
랑이 톡톡 묻어나는 음정이었다.

"응? 응……."

—저 오후 봉사까지 다 끝나고 당신 병원 앞이에요. 오랜만
에 같이 커피 한잔 마시러 갈래요?

"응?"

—어휴, 이 목소리 좀 봐. 기운 다 빠졌네. 당신 거기 꼼짝
말고 있어요. 내가 모시러 갈게요. 차 한잔 하고 당신이 좋아
하는 굴보쌈 먹으러 가요. 알았죠?

전화는 그렇게 끊겼다.

"사모님이 오시는군요?"

"……."

"심경이 복잡하시겠지만 굳이 미루지는 마십시오. 병이 됩
니다."

"……."

"자리를 비켜 드리죠. 확인에 들어가면 이런 말을 할 겁니
다. 사모님이 언니와 미리 준비한 멘트가 있더군요. 그게 뭐냐
면……."

창규는 나지수의 리딩에서 얻은 비상용 멘트를 들려주었다.

"강 변호사."

일어서는 창규에게 원장의 낮은 목소리가 들려왔다.

"예."

"당신, 당신의 명예… 아니, 당신 아내의 얼굴을 걸고 맹세할 수 있소? 방금 전에 말한 내 아내의 정보가 맞는 거라고."

"제 아내를 걸면 수용하실 수 있습니까?"

"……."

"그렇다면 제 딸 승하까지 걸고 약속하죠."

"……!"

"더 이상 걸 수 있는 게 없어서 안타깝군요."

"당신이 아는 내 아내의 남자… 혹시 이름이 김장대요?"

원장 입에서 전 남편의 이름이 나왔다.

"원장님도 알고 계셨습니까?"

창규가 전격 반응했다.

"옆 회의실에 가서 기다리시오. 둘 중 하나를 받게 될 거요."

원장의 목소리가 싸아하게 내려갔다.

"둘 중 하나라고요?"

"이혼소송을 수임받든지 아니면 죽도록 얻어맞던지."

"그러죠."

창규가 복도로 나왔다. 회의실에 들어서자 차에서 내리는 나지수가 보였다. 손에는 꽃다발이 들려 있다. 피곤한 남편을 위한 꽃. 이중성만 아니라면 최상의 아내. 그러나 저 최상이 전 남편과의 시간을 감추기 위한 대가라면 한 원장만큼 슬픈 남편도 없을 일이었다.

그런데……

이상한 게 있었다.

원장은 어떻게 김장대를 알고 있는 걸까? 궁금해졌다.

"여보!"

나지수가 원장실로 들어섰다. 그녀는 두 가지를 내밀었다. 꽃다발과 테이크아웃 커피.

"목소리가 피곤한 거 같아서 아예 사왔어요. 여기서 간단히 마시고 맛있는 거 먹으러 가요. 네?"

간지작살 애교가 출격했다. 생글거리는 그녀의 눈과 입술은 정말이지 사랑이 뚝뚝 흐르고 있었다.

"어디 다녀온 거야?"

커피를 받아든 한윤기가 물었다.

"요양원이지 어디에요. 어휴, 신은 왜 하루를 24시간으로 만들었는지 모르겠어요. 한 100시간쯤으로 만들었으면 좋았을걸. 당신하고 50시간, 봉사에 50시간."

"처형이 하는 미산요양원?"

"언제 당신도 함께 가요. 언니도 당신이 진료 좀 와줬으면 하는 눈치인데 당신이 바쁘니 입도 뻥긋 못 하고……."

"김장대 씨… 아직 잘 있나?"

원장이 한 이름을 입에 물었다. 무미건조한 목청이었다.

김장대.

그 이름은 한윤기도 알고 있었다. 처형이 운영하는 요양원이니 몇 번 가본 적이 있었다. 아내는 입원자들을 다 알고 있었다. 마치 가족처럼 자연스러웠다. 하지만 단 한 사람, 가장 젊은 남자 입원자에 대해서는 그렇지 못했다. 그의 병실에 원장과 함께 있을 때 나지수는 어색했었다.

그래서 기억에 남았다. 하지만 그것뿐이었다. 젊은 여자가 젊은 남자를 간병하는 데는 불편함이 많다. 그런 이유로 받아들였던 한윤기였었다.

"네."

나지수가 짧게 대답했다. 다른 입원자의 경우라면 긴 히스토리가 중계된다. 그 환자 말이죠, 어제는 말이죠… 그것과 아주 다른 반응이었다.

"그 사람 아내가 있다던데?"

원장이 슬쩍 운을 뗴었다.

"아내요? 누가 그래요?"

차를 마시던 나지수가 발딱 고개를 들었다.

"날마다 간병을 온다던데? 전직이 간호조무사라나?"

"……!"

넌지시 나지수를 겨냥하는 팩트 폭격. 원장은 곁눈으로 보았다. 커피 컵을 쥔 아내의 손이 속절없이 경련하는 걸. 여전히 정면은 외면한 채 남은 말을 이어놓았다.

"그 양반이 아마 열한 살 먹은 딸도 있다지? 그 간호조무사랑 사이에서 낳은?"

거기서 원장의 시선이 과녁을 찾았다. 나지수를 정면으로 겨눈 것이다.

탁!

나지수의 손에서 커피가 떨어졌다. 절반 이상 남았던 커피가 엎어지며 테이블을 적셨다. 그래도 두 사람은 닦을 생각을 하지 않았다. 원장실 안은 지질리듯 깊은 침묵만이 나래를 펼 뿐이었다.

"당신……."

나지수의 반응은 의심과 변명의 중간에 있었다.

"당신은 알지?"

원장 역시 추궁과 방관의 중간쯤에서 말을 이었다.

"김장대 씨의 와이프……."

"여보……."

"두 사람… 딸을 부모에게 맡겨놓았다가 언니에게 맡겼다지? 그런데 그 와이프가 또 다른 남자와 결혼했다는 말이 있더라고. 직업이 의사라던가?"

"여… 보……."

"당신, 몰라?"

"……."

나지수는 입을 열지 못했다. 그러나 그녀의 어깨와 심장은 무섭도록 어긋났다. 부서질 듯 흔들리는 것이다. 거기서 원장이 일어섰다. 창문으로 걸었다. 직원들이 퇴근하고 있었다. 결혼한 사람은, 일과가 끝나면 행복한 가정으로 돌아간다. 원장도 어제까지 그랬다. 하지만 오늘부터는, 그럴 수 없을 것 같았다.

"누가 당신에게 그런 말을 한 거죠?"

나지수는 한참 후에야 겨우 입을 열었다. 떨림을 참고 있다. 계산된 탐색전이었다. 빠져나갈 궁리를 찾는 게 분명했다. 그건 오해예요. 내가 그럴 리 없잖아요? 당신 나 못 믿어요? 나 못 믿고 다른 사람 말을 믿어요? 원장의 귓전에 허망한 상상이 스쳐갔다.

"당신은 아직 답하지 않았어. 김장대 씨의 와이프. 날마다 지극정성으로 간병하러 다니는 그 와이프… 나이도 당신 또래일 텐데. 당신도 날마다 거기 가는데 모를까? 뭐 어쩌면 그럴 수도……."

되묻는 원장의 시선은 여전히 창밖에 있었다.

"여보……."

"말해주겠어? 아니면, 내가 요양원에 가서 김장대 씨의 딸 유전자 검사 시료를 채취해 올까? 그리 어려운 일도 아닌데……."

"……."

"……."

"흑!"

짧은 침묵 뒤에 나지수가 울음을 터뜨렸다.

"미안해요. 하지만 오해예요. 누구에게 들었는지는 모르지만 일부는 맞고 일부는 틀리다고요."

"뭐가, 어떻게?"

"김장대 그 사람… 어릴 때 잠깐 만났던 사람인데 요양원에서 우연히 재회했어요. 그래서 기왕 다른 사람도 간병하던 참이라……."

"아이는……."

"그, 그것도 그 사람이 어린 나에게 술을 먹이고 강제로 하는 바람에… 나는 어려서 임신인 줄도 몰랐어요."

나지수의 연극은 수준급이었다. 쥐어짜는 목소리로 사람의 심금을 울렸다. 하지만 한윤기의 미간은 한껏 일그러질 뿐이었다. 그거였다. 창규가 말한 비상용 멘트. 그 멘트에서 한 마디도 빗나가지 않은.

"그때… 당신도 스무 살이 넘었지 않나?"

원장이 숨을 고르며 물었다.

"스무 살이라고 다 어른은 아니잖아요."

"간호대학은?"

"그건 내가 말한 게 아니잖아요. 병원에서 일한다고 하면 다들 간호사인 줄 아니까 일일이 설명하기도 그렇고 해서……."

"그렇군."

"미안해요. 다 내 잘못이에요. 하지만 당신을 속일 생각은 없었어요. 언젠가 다 말하려고 했는데 기회가 없었던 거라고요. 난 정말 당신뿐이에요."

창으로 다가온 나지수가 원장 등에 매달렸다.

"나도 당신을 믿어."

"그렇죠? 나 잘할게요. 요양원도 당신이 싫다면 가지 않을게요. 그러니 화 풀어요."

"어제까지만!"

단어를 정리한 원장이 돌아섰다.

"예?"

쫙!

나지수의 눈에 불벼락이 일었다. 원장의 손이 날아든 것이다. 단 한 방이었지만 그건 나지수의 의지를 무너뜨리기에 충분했다. 지금까지 화조차 잘 내지 않던 원장이었던 것이다.

"당신… 어떻게 이래. 어떻게 사람을 이렇게 감쪽같이 속여? 그리고 기왕 속였으면 끝까지 들키지 말았어야지!"

"여보……."

"방금 그 해명 멘트… 언니랑 짜고 준비한 거라며? 나중에라도 내가 알게 되면 속이기 위해!"

"……!"

따귀보다 아픈 결정타가 날아왔다.

"나가."

"여보……."

"나중에 얘기하자고."

"여보……."

"빨리 가. 내 눈에 핏발 안 보여? 솔직히 말하면 이 배신감 나도 주체하기 힘들거든."

"아, 알았어요. 당신 말대로 할게요. 대신 화 가라앉으면 집으로 오는 거죠?"

"……."

"기다릴게요. 며칠 걸려도 괜찮아요. 당신이 무슨 질책을 하든 무조건 받아들일 테니 이혼하자는 말만은 하지 말아요.

난 당신하고 죽어도 이혼 못 해요."

"왜? 내 재력이 필요해서? 당신 전 남편 편안하게 돌보려면?"

"여보……."

나지수가 오열하는 사이에도 원장의 손은 고집스레 문만을 가리켰다. 나지수는 마지못해 원장실을 나갔다.

딸깍!

잠시 후에 원장이 회의실 문을 열었다. 신문을 보고 있던 창규가 고개를 들었다. 척 봐도 따귀를 맞을 풍경은 아니었다.

"아내에게 확인을 했습니다."

"……."

"대뇌에 초강력 레이저를 맞은 기분입니다."

"……."

"그 사람을 한번 봐야겠습니다. 김장대……."

"……."

"시간이 되시면 같이 가주시겠습니까?"

원장은 우묵한 눈으로 창규를 바라보았다. 창규는 두말없이 원장을 따라나섰다.

"어머, 제부!"

요양원에 들어서자 나지수의 언니가 반색을 했다. 그녀는 아직 전후 사정을 모르고 있었다. 동생 나지수에게 몰아닥친 파혼 위기의 폭풍을.

"이모부!"

문제의 그 딸도 달려 나와 원장 품에 안겼다.

"웬일이세요?"

창규까지 돌아본 언니가 다시 물었다.

"지나다 들렀어요. 입원자들 좀 둘러봐도 되나요?"

"영광이죠."

언니는 친절하게 앞장을 섰다. 하지만 원장의 목적지는 단한 곳이었다.

"제부, 여기 오늘 입원하신……?"

첫 번째 방 앞에서 멈춘 언니, 설명을 하다가 말을 멈췄다. 한윤기가 맨 끝 방으로 직행해 버린 것이다. 그 방이 김장대의 독방이었다.

"잠깐만 실례합니다."

한윤기는 언니의 이해를 강요하고는 병실 문을 닫아버렸다.

원장은 김장대의 머리맡에 섰다. 창규는 창 쪽으로 자리를 잡았다.

"이 사람이군요."

원장이 혼잣말처럼 중얼거렸다. 그 시선은 사위어가는 김장대의 얼굴에 꽂혔다.

"이 사람이… 요양원 환자이자 지수의 전 남편……."

"……."

"나도 여기 몇 번 왔었지요. 그런데 아내의 행동이 이 사람에게만은 어색했어요."

"……."

"그래서 기억에 남았던 겁니다. 그때는 몰랐었지만……."

"……."

"강 변호사님 옆의 그 산삼 가루와 석청, 차가버섯……."

원장의 시선이 작은 탁자에 닿았다.

"……."

"제게 들어왔던 것인데 안 보인다 했더니 여기 와 있군요."

"……."

"이 목도리도… 내 것과 같아요. 하핫!"

원장의 웃음에서 상처가 묻어나왔다. 피눈물이 있다더니 피웃음이 저런 거겠지 싶은 미소였다.

"내가 모르는 게 더 있나요? 이제 괜찮으니 다 말해주세요."

원장이 창규를 바라보았다. 반은 결단이 선 눈빛이었다.

나지수.

결혼 이후 날마다 여기서 살았다. 봉사를 빙자한 간병이었다. 출근하듯 달려오면 이마에 키스를 하고 손을 잡고 앉았다. 가끔은 입술에 키스도 했다. 창규는 빠르게 김장대의 섭취물을 리딩했다. 주로 영양 미음을 식도관을 통해 먹고 영양제와 포도당, 전해질 등으로 연명 중이다.

"……."

마지막으로 그냥 넘겨본 특용. 그곳에서 신기한 것이 발견되었다.

똥균!

똥균이 분명했다. 지금까지 단 한 번도 보지 못한 초유의 섭취물. 어감만으로도 한없이 좋지 않은 것. 하지만 원장에게는 중요한 요소가 될 것 같아 입을 열었다.

"이분… 변비가 심했습니다."

"예?"

생뚱맞다고 생각한 원장이 시선을 들었다.

"혹시 대변 미생물 이식이라는 거 아시나요?"

"알죠. 우리 병원에서도 내과에서도 실시 중인 요법입니다."

원장이 대답했다. 대변 미생물 이식은 장의 기능을 살리기 위한 치료 목적으로 쓰인다. 건강한 사람의 똥을 녹여 여과해 퀄리티 높은 장내세균을 채집한다. 그 액체를 튜브를 이용해 질환이 있는 환자의 장에 넣어주는 요법이다. 치유율도 꽤 높은 편에 속했다.

"이분도 그걸 받았네요. 종종."

"강 변호사님, 제 말은……."

"압니다. 뭘 원하시는지… 그 대변 제공자가 사모님이라 말씀드리는 겁니다. 이 사람의 불편을 어떻게라도 덜어주고 싶었던 거죠."

"……?"

"정확하게 한 달에 두 번씩 약 40회에 걸쳐 실시했습니다."

"우리 병원에서 말입니까?"

"내과에 고한종 레지던트라고 있죠?"

"예……."

"그 사람에게 부탁을 했네요. 원장님께는 비밀로 해달라고 말하고……."

"사실입니까?"

"예."

"잠깐만요."

원장은 바로 핸드폰으로 확인을 했다. 전화를 끊는 표정은 더할 나위 없이 참담하게 변했다.

"내가 허깨비와 살았군요. 육신만 내 옆에 두고, 영혼은 이 남자 옆에 있는 여자와……."

"……."

"나는 그 여자의 도구에 불과했던 겁니다. 하긴 돌아보면 앞에서 애교 잘 떨고 비위만 맞췄지 가정보다는 늘 밖으로 나

돈 사람……."

"……."

"이혼소송 일임하겠습니다."

"이런 경우라면 사기와 기망에 의한 혼인 무효소송도 가능합니다만……."

"혼인 무효소송……."

원장은 애잔한 미소를 지으며 말꼬리를 이었다.

"그걸 하면 내가 아내를 만나기 전으로 돌아갈 수 있습니까?"

"그건 아닙니다만……."

"조용히 끝내주세요. 아무것도 바라지 않습니다."

"위자료 청구는 어떻게 할까요?"

"아무것도… 마음 같아서는 저 자매와 전 남편을 상대로 소송을 벌여 자근자근 밟아주고 싶지만 결국 속은 건 제가 아닙니까? 온 세상의 웃음거리가 되겠죠. 그러니 이 믿기지 않는 현실을 빨리 지워내고 싶을 뿐입니다."

한윤기가 고개를 저었다. 이 순간, 그는 정말 생불(生佛)처럼 보였다.

"원장님……."

"아직도 하고 싶은 말이 있으시군요?"

"예."

창규가 대답했다. 가장 중요한 것이 남아 있었다.

"제부!"

복도로 나오자 통화를 하던 언니가 재빨리 돌아보았다.

"미안하지만 그 호칭 거절합니다. 다시는 아는 척하지 마세요."

"이모부, 왜 그래요? 화났어요?"

나수미의 딸까지 달려와 육탄으로 원장을 막았다.

"미안!"

어린아이야 무슨 죄가 있을까? 원장은 딸의 머리를 쓰다듬어 주고 주차장으로 나왔다. 거기 창규가 기다리고 있었다.

"아까 말씀드린 건?"

"여기 있습니다."

원장이 머리카락을 들어 보였다. 김장대와 딸의 것이었다. 정황으로야 어느 정도 확인이 되었지만 인간은 의심의 동물. 끝장을 봐야 미련이 남지 않는다. 그래서 준비한 게 유전자 검사였다. 그 샘플 채취 또한 원장의 손으로 해야 확실할 일이었다.

"유전자 검사 쪽은 원장님이 더 잘 아실 테니 의뢰를 부탁드립니다. 결과가 나오면 연락 주세요. 마무리를 해드리죠."

"나지수는……."

"거북하시면 일단 이혼소송부터 제기하고 접근 금지 가처분 조치를 취하겠습니다."

"그냥 검사 결과 나오는 동안 제가 며칠 조용한 곳에서 쉬겠습니다. 그게 좋겠네요."

"그럼 편하신 대로……."

창규가 답하자 원장은 요양원을 올려다보았다. 만감이 교차되는 눈빛이었다. 왜 아닐까? 쥐도 새도 모르게 당한 결혼의 단꿈. 지상에서 가장 완벽한 줄 알았던 신부는 영혼 없는 인형에 불과했다. 자신의 첫사랑과 딸을 돌보기 위해 거짓된 사랑으로 위장한…….

"허어, 오늘은 친구 놈 불러내 한잔 해야겠습니다."

원장은 고개를 저으며 멀어졌다.

"네……. 마시세요. 의사들은 술이 몸에 안 좋다고 하지만 오늘은 약이 될 겁니다."

창규가 혼자 중얼거렸다.

"변호사님!"

이틀 후, 사무장이 들어와 USB와 서류 봉투를 꺼내놓았다.

"구했어요?"

"그럼요. 이 정도 지원도 못 하면 사무장 때려치워야죠."

그녀가 웃었다.

"확인도요?"

"뭐 화질은 안 좋지만 증거로 쓰는 데는 문제가 없을 것 같네요. 포인트가 될 만한 장면 몇 개 캡처해서 출력했어요."

"수고했어요."

창규가 웃었다. 자료는 미산요양원의 특실이었다. 출력물 속에 나지수와 김장대가 보였다. 나지수가 그 이마와 입술에 키스하는 장면도 있었다. 혹시라도 정식 재판으로 갈 수도 있기에 자료를 준비한 것이다.

잠시 후에 한윤기가 사무실을 찾아왔다. 수척한 모습이었다.

"유전자 검사 결과가 나왔습니다."

소파에 앉은 한윤기가 결과지를 꺼내보였다.

"후배가 거기서 일하고 있어 '응급'으로 부탁했거든요."

"네……."

"강 변호사님 말이 맞았습니다."

"……."

"그러고 보니 이것저것 다 그렇더군요. 간호대학 사진도 한 장도 없고 아기를 가질 의지도 없었죠. 나는 원했지만 지수는 온갖 핑계로 거부했어요. 폭우나 폭설이 쏟아져도 요양원 봉사만은 빠지지 않았고……."

"……."

"정리해 주세요."

원장이 담담하게 말했다. 그의 입술은 하얗게 말라 있었다.

잠을 제대로 잤을 리 없다. 이혼이란 누구에게나 치명적인 타격이 될 수밖에 없었다. 가해자가 아니라면…….

"어떻게 정리해 드릴까요?"

"사람 잘못 본 것도 내 운명이니 지금 살던 집은 그냥 주겠습니다. 그 사람이 관리하던 통장도… 그렇게 처리해 주세요."

"사모님께 그런 생각을 전하셨습니까?"

"강 변호사와 얘기하라고 통보했어요."

"그럼 그 건은 제가 마무리하는 것으로 하고… 수임료도 그쪽에 청구하겠습니다. 혼인 파탄의 원인을 제공했으니 그게……."

"수임료는 제가 줘도 상관없습니다."

"사안이 그렇다는 겁니다. 따지고 보면 원장님이 피해자 아닙니까? 민사소송에서도 패소한 쪽이 확정 신청에 대해 인지대, 송달료, 변호사 보수 등의 소송비용을 물어주는 게 원칙입니다."

창규의 마무리는 명쾌했다.

그길로 나지수를 찾아갔다. 그녀는 자택에 있었다. 일이 이렇게 되고 보니 전 남편의 간병에 몰두할 수 없었던 것이다.

"들어오세요."

창규의 방문 목적을 들은 그녀가 문을 열어주었다. 자신의 과거가 적나라하게 드러난 상황. 무작정 떼를 쓴다고 될 일이 아님을 아는 눈치였다.

[변호사]

커피를 내놓는 틈을 타 첫 확인 리딩을 시작했다. 10여 년 가까이 이중생활을 해온 여자. 그건 보통 머리로는 불가능한 일이었다. 그렇기에 그녀도 나름 대비책을 세웠을 것으로 생각되었다.

"......!"

바로 나왔다.

벌써 변호사 사무실 두 곳에서 상담을 받았다. 그걸 알려 준 음식물은 커피였다. 변호사 상담실에서 커피를 내준 것이다.

"이혼은 피할 수 없겠습니다."

홀짝!

"혼인 무효소송을 청구해도 저쪽이 유리하네요."

홀짝!

두 변호사의 답변을 따라 커피가 넘어갔다.

"남편이 재력이 있으시다니 잘 타협해서 재산이나 좀 챙겨서 나오세요."

"소송 걸면 특유재산에 대한 기여분을 인정받을 수도 있겠지만 유책 사유가 너무 중해 판사들이 짜게 나올 가능성이 큽니다."

변호사에 관한 리딩은 그쯤으로 끝냈다.

다음은 '은행'과 '보험' 쪽을 체크했다.

한 원장은 생활비와 품위 유지비로 매월 1,000만 원 내외를 꽂아주고 있었다. 생활수준을 감안한다고 해도 적은 돈이 아니었다. 하지만 한윤기는 중견 병원의 원장. 그의 재력이 월 1,000만 원짜리일 리 없었다.

'우리 집사람도 제 주머니 털어 봉사다 기부다 눈코 뜰 새 없이 바쁜……'

예전에 창규가 3억을 기부할 때 들은 말도 아직 기억에 생생했다.

관련 폴더를 여니 여기도 커피와 홍차가 딸려 나왔다. 언니가 원장으로 있는 요양원이었다. 사기 결혼에 성공한 신혼 초였다.

"제부가 생활비 넉넉히 주든?"

"응."

"얼마나?"

"1,000만 원 정도… 필요하면 더 얘기하라고 했어."

"역시 돈 많은 집안 의사라 다르네?"

"나한테 삑 갔잖아. 하루에 문자가 다섯 번도 더 온다니까."

"얘, 그럼 중간중간 애교 좀 떨어서 목돈 좀 울궈내."

"목돈?"

"요양원이나 복지원 같은 데 기부한다고 하고 말이야. 돈이란 있을 때 세이브해야 하는 거야. 아, 누가 아니? 요즘 이혼을 밥 먹듯 하는 세상인데?"

"굿 아이디어, 역시 언니라니까."

"그래서 예은이하고 장대 씨 앞으로 보험도 들고 펀드 같은 것도 들고… 우리 요양원에 투자도 좀 하고… 사람 일 어떻게 아니?"

"좋았어."

"너무 자주 달라면 안 좋으니까 시나리오 잘 짜서 한 방에 굵게… 일 년에 두세 번 3천이나 5천씩 긁어내면 10년 후면 한 10억 되려나?"

"그이 재력으로 봐서 10억은 적지. 한 20억은……."

"하하핫, 호호홋……."

나지수와 그 언니.

둘이 앉으면 천사의 실체가 드러났다. 그 순간, 그녀들은 작당한 사기꾼에 다름없었다.

리딩 끝.

가볍게 숨을 고르며 표정도 고쳤다. 천사의 탈을 쓴 여우에게 수임료를 수금할 타임이었다.

"이런 일로 찾아뵙게 되어 유감입니다."

첫마디부터 친절한 편은 아니었다. 창규의 의뢰인은 한윤기. 변호인은 의뢰인의 이익에 부합할 책임이 있었다.

"그이가 강 변호사님을 소송대리인으로 지정했군요?"

"예."

"궁금한 게 있어요."

"말씀하시죠."

"그이… 어떻게 이 일을 알았을까요?"

"지상에 영원한 비밀은 없지 않습니까?"

"……."

"원장님은 지금 패닉 상태입니다. 이해하시겠죠?"

"패닉은 제가……."

"짐은 따로 거처를 마련하는 대로 사람을 보내 가져가실 계획 같습니다."

"……."

"합의이혼 서류입니다."

창규가 서류를 꺼내놓았다.

"……."

"원래는 혼인 무효소송을 제기해야 하는데 길게 끌고 싶지 않으시다는군요."

"……."

"이 집은 사모님께 드릴 수 있다고 합니다."

"……."

"다만 제 변호사 수임료는 사모님께 받으라 하셨습니다."

"수임료……."

"……."

"500만 원이면 되겠어요?"

"아직 얘기가 끝난 게 아닙니다만……."

"말씀해 보세요."

"원장님 속인 거, 달리 없으신가요? 사실혼 관계에 딸이 있다는 사실 말고……."

"없어요."

"정말입니까?"

"변호사님, 따지고 보면 저도 피해자예요. 나 좋다고 쫓아다닌 건 그 사람이지 내가 따라다닌 거 아니거든요."

"예?"

느닷없는 항변에 창규가 고개를 들었다.

"그 사람 덕분에 일이 이렇게 되었다고요. 내가 먼저 꼬리를 친 것도 아니고, 자기가 과속으로 밀어붙여서 10년 가까이 살았으면 이제 와서 이해해야 하는 거 아닌가요? 딸도 막말로 요즘 산부인과에서 애 지우는 여자가 한둘이에요?"

혼자 감정이 격해진 나지수, 자신의 허물을 한윤기 탓으로 돌리고 있었다.

궁서설묘(窮鼠齧猫).

궁지에 몰린 쥐가 고양이에게 덤빈다더니 그 말이 딱이었다.

"어릴 때 일찌감치 결혼하시더니 결혼의 의미를 잘 모르시는군요."

"뭐라고요?"

"부부를 일러 뭐라고 하나요? 일심동체라고 하지 않습니까? 몸보다 마음이 먼저기에 일심이 앞에 나옵니다. 사모님은 그 첫 번째 의무를 위반한 겁니다. 전 남편과 살은 섞지 않았을지는 모르지만 마음을 섞었죠. 어쩌면 그게 더 잔인한 불륜행위일지도 모릅니다."

"억지예요. 우리 남편도 여자 환자 많이 만나거든요."

그 말에 대한 반론은 출력물이었다. 나지수와 전 남편이었다. 맥없이 잠든 전 남편의 입술에 애잔한 키스를 날리는 나지수.

나지수가 휘청 흔들렸다. 그 앞에 나머지 출력물 전부를 던져놓았다. 전 남편의 알몸을 씻기고 먹이고 입히며 애정이 넘치는 장면들이었다.

"……!"

나지수의 얼굴이 하얗게 변하는 게 보였다.

"원장님께는 아직 공개하지 않은 자료들입니다. 충격을 더 받으실 것 같아서……."

"……."

"공개하지 않은 건 그것만이 아닙니다."

"……?"

"생활비 말입니다. 매월 받은 1,000여만 원… 그중 30~40%는 전 남편과 딸 앞으로 보험과 적금을 들고 있었더군요. 그렇죠?"

"그, 그건……."

"그리고… 한 원장님이 기분 좋을 때마다 기부를 빙자해 3천만 원, 5천만 원씩 받아냈죠? 그렇게 축재한 돈이 약 10억여 원."

"야!"

듣고 있던 나지수가 튕겨 올랐다. 끝내 그녀의 천박한 밑바닥이 드러난 것이다.

"너 뭐야? 너 뭐냐고? 니가 뭔데 헛소리야? 우리 남편, 아니 한윤수 그 인간… 여자 생겼지? 그래서 나 쫓아내려고 잔머리 굴리는 거지? 이건 인격 모독이야, 인격 모독!"

나지수가 출력물을 찢어발겼다.

"인격 모독은 없는 걸 지어낼 때 쓰는 말이죠. 이건 팩트입니다. 원장님이 관여한 일도 아니고요. 원장님이 작심하고 관여했다면 진작 좋이 났겠죠."

"그럼 대체 누가… 대체 어떤 년놈이 잘나가는 내 인생에 고춧가루 뿌리는 건데? 이건 귀신도 모르는 일인데……."

"마지막 통보를 드리죠. 이미 여기저기 변호사 사무실에 알아보신 것 같으니 법리적인 상식도 충분할 거 같아서 말씀드리는데 원장님은 사실 당신과 당신 전 남편, 언니를 상대로 손해배상과 위자료를 청구할 수도 있습니다."

"뭐야?"

"원장님과의 결혼 생활 내내 당신은 그 남자에게 헌신했고, 원장님이 번 돈을 가져다 그 사람을 간병하고 투자까지 했습니다. 덕분에 그 사람은 식물인간처럼 살면서도 많은 재산을 가지고 있지요. 당신이 원장님 돈으로 형성한 7억여 원."

"……"

창규의 융단폭격에 나지수의 전의가 자꾸 내려앉았다.

"따님 쪽에도 학자금 명목과 언니 이름으로 들은 차명 예금까지 약 6억여 원……. 원장님이 알면 배신감 폭발로 이 집을 주겠다는 마음 대신 위자료 청구와 더불어 그 돈의 반환 청구까지 제기할지 모릅니다. 변호사 만나보셨으니 누가 유리한지는 알고 계시겠지요?"

"이, 이봐요."

나지수의 기세는 바닥까지 내려갔다.

"이 집을 제외하고 나머지 돈은 반환하시기 바랍니다."

"뭐, 뭐?"

"손해배상을 한다고 생각하세요."

"당신 말 다했어? 십몇억 원이 뉘 집 개 이름인 줄 알아?"

"그럼 원장님께 다 말씀드릴까요? 당신이 결혼 생활 내내 원장님의 돈을 빼돌려 전 남편과 언니, 딸 앞으로 부정한 축재를 했다고?"

"……!"

"찍으세요."

돌직구를 날린 창규가 서류를 내밀었다. 나지수는 펄펄 끓고 있지만 반박하지 못했다. 자신의 치부를 손바닥 보듯 알고 있으니 대처할 엄두가 나지 않는 것이다.

"나쁜 새끼, 이제 보니 너지?"

서류를 낚아챈 나지수가 독기를 뿜었다. 그녀는 더 이상 천사가 아니었다.

"뭐가 말입니까?"

"한윤기, 그 단순한 인간 똥구멍 긁어서 이혼을 종용한 거. 수임료 처먹으려고……. 세상을 그 따위로 사니까 네 마누라가 몹쓸 병에 걸린 거야!"

"……!"

창규의 시선이 벼락처럼 튀어 올랐다. 나지수가 넘지 말아야 할 선을 넘은 것이다.

"나지수 씨!"

창규는 나지수를 정면으로 바라보며 중저음으로 뒷말을 이었다.

"똥이라면 당신과 김장대 커플 쪽이 전문 아닙니까? 당신들이야말로 지상 최강의 똥 부부죠. 똥 속의 균까지 서로 나눠 갖는 사이니까요. 정말 개똥 같은 이야기죠."

"뭐야?"

"그것도 수십 회… 마음에서부터 똥까지 나누어갖는 몸. 당신은 한 원장님을 능욕한 겁니다. 전 남편과 딸의 양육을 위해 먹이를 물어오는 일꾼 개미로 부려 먹은 거라고요."

"야!"

"그래서 자식을 갖자는 제안도 거절한 거 아닙니까? 아이가 생기면 전 남편 수발을 들지 못하게 될까 봐……."

"개자식!"

나지수의 손이 날아왔다. 창규는 그걸 낚아채 인주를 바른 후에 서류 위에다 후려쳤다. 나지수가 버둥거렸지만 봐주지 않았다. 그녀의 천박한 본심 작렬, 창규에게는 차라리 고마운 일이었다.

"합의이혼 절차는 한 달 정도 소요됩니다. 두 분 사이에 자녀가 있으면 3개월까지 걸릴 수도 있지만 없으니 그렇게까지

가지는 않지요. 수임료에 대한 정산은 두 분이 법원에서 판사를 만난 후에 마무리하겠습니다. 일단 내일까지 전 남편과 딸의 계좌를 정리해서 절반을 보내주시고 나머지는 그때 지불해 주세요. 이상입니다."

창규는 서류를 회수해 일어섰다.

"야, 야!"

나지수의 고함이 등을 긁어대지만 돌아보지 않았다. 이 수임은 게임 오버였다. 혼인 무효소송에 더불어 재산 포기 각서까지 찍은 것이다. 물론, 육경욱의 경우처럼 날짜 칸은 비워놓았다.

와장창!

등 뒤로 가재도구가 작살나는 소리가 들렸다.

와창와차창!

소리는 계속 이어졌다. 장식장이 박살 나고 액자가 아작 났다. 히스테리의 발작. 위선자의 최후는 깨진 유리알만큼이나 너저분했다.

나지수가 토해낼 십수억 원.

너무 많아 다 먹을 생각은 없었다. 한 원장이 안정을 찾으면 대다수는 돌려줄 생각이었다. 그가 원하지 않으면 기부를 하면 될 일. 어린이 심장병 환자 20여 명을 살릴 수 있는 돈이다. 나지수의 주머니 속보다 훨씬 가치 있게 쓰일 것이며, 한 원장의 기분 전환을 위한 위자료로도 나쁘지 않았다. 나아가 의뢰인의 이익에 부합해야 하는 변호사의 기본이기도 했다.

수임 번호 003.

수임 완료!

마음속으로 심판의 법봉을 내려쳤다.

땅!

땅!

땅!

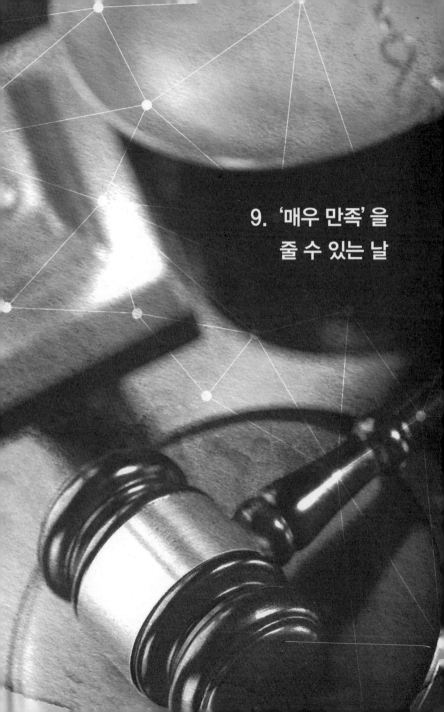

9. '매우 만족'을
줄 수 있는 날

그날 저녁 창규는 은사 황태숭 교수를 만났다. 그가 서울의 법학회에 올라온 참이었다. 창규는 법학회 세미나가 열리는 입구에서 황태숭을 기다렸다. 그는 제일 늦게야 나왔다.

"교수님!"

창규가 그를 맞았다.

"오래 기다렸지?"

"아닙니다."

"아니긴… 아까 문자 들어왔을 때가 언젠데?"

"이런저런 추억 생각하다 보니 지루하지 않던데요?"

"젊은 나이에 무슨 추억? 그런 건 나 같은 늙은이들 전용 주제가지."

"식사 뭘로 하실래요? 한식, 일식, 중식, 양식?"

"번잡한 거 말고 어디 가서 칼칼한 칼국수나 한 그릇 하세. 아는 데 없나?"

"칼국수집은……."

"그럼 차 타시게. Y대 교수하는 친구가 소개해 준 집을 아니까."

"알겠습니다."

황태숭이 창규 차에 올랐다. 그는 KTX를 타고 왔기에 차가 없었다.

"어때?"

바지락에 생부추를 담뿍 얹은 칼국수 앞에서 황태숭이 물었다.

"좋은데요?"

"강 변호사 입에는 안 맞을지도 모르지. 젊을 때는 다들 자극적이고 강렬한 걸 좋아하니까."

"담백한 것도 좋아합니다."

"집사람은?"

"뭐 고만고만……."

황태숭은 순비의 내력에 대해 알고 있었다. 결혼 때 주례를 선 것도 그였기 때문이었다.

"첨단 의학이 어쩌고저쩌고 해도 다 꽝이야. 인공장기 나팔은 잘도 불어대면서 그깟 신장 하나 못 고치다니……."

"……."

"나도 보게나. 손가락에 피부염이 생겼는데 이걸 하나 못 고쳐요. 여기 가면 피부병, 저기 가면 한포진, 또 어디는 대상포진… 방송에서나 명의가 어쩌고 의학이 저쩌고 하지 막상 아프면 실험동물 취급이라고."

"공감합니다."

"어이쿠, 내가 말이 길었군. 늙으면 이렇다니까. 그래, 왜 이 늙은이를 보자고 했나?"

"늙다뇨? 교수님은 이제 청춘이신데요."

"하핫, 위로 안 해도 되네. 자네 내가 학부 학생들하고 어쩌다 치맥이라도 먹게 되면 어떤 취급받는 줄 아나? 다들 내게서 가장 먼 곳에 자리를 잡는다네. 어쩌다 학점에 문제가 있는 친구 정도 빼고……."

"그럼 학점으로 자꾸 문제를 만드셔야죠."

"그거 좋은 생각이군. 이번 학기는 아주 단체로 쌍권총을 채워 버릴까? 그랬다가는 갑질 교수로 SNS를 장식할 텐데."

"그래도 채울 건 채워야죠."

"자네처럼?"

"아, 예······."

창규가 머쓱하게 웃었다. 지나간 사연 때문이었다.

"사무실은 이제 본격 궤도에 오른 것 같던데."

"예, 덕분에······."

"내가 말한 양 교수 만나기로 했지?"

"예."

"그 양반 전화받았네만 강 변호사가 내키지 않으면 수임하지 마시게. 어떻게 보면 수임도 다 궁합이 있는 거니까."

"만나보고 결정을 내리겠습니다."

"그거 때문에 부담돼서 만나자는 거 아니었어?"

"아닙니다. 요즘 좌충우돌하다 보니 교수님 조언이 좀 필요해서······."

"현장 떠난 내가 무슨 도움이 되겠나? 변호사 제대로 하려면 시대적 흐름을 간파해야 하는데······."

"실은 수삼 일 후에 사무실을 몇 평 넓혀서 이전하게 되었습니다."

"어이쿠, 그거 잘됐군."

"그래서 변호사를 한 명 보강할까 생각하는데··· 제가 과연 감당할 수 있을지······."

"제대로 가르칠 수 있을까 하는 거 말이군?"

"예."

"강 변호사."

황태숭이 은은하게 고개를 들었다.

"예?"

"자네가 왜 고용하는 변호사를 가르쳐야 하나?"

"예?"

"변호사는 혼자 크는 걸세. 안 그런가?"

"예?"

"내 생각은 그렇네. 수임이라는 정글 속에서 스스로 안목을 키워야지. 물론 능력 있는 변호사가 옆에 있으면 보고 배우는 게 있겠지만 그렇지 않아도 될 놈은 되는 법이라네."

"알겠습니다. 제가 생각이 짧았네요."

"생각이 깊으니까 거기까지 갔겠지. 오너 변호사에게 그런 덕목은 필요하네."

"교수님은 어떠셨습니까? 현역으로 뛰실 때."

"어떻게 하면 승소할까, 그 노하우를 묻는 건가?"

"예."

"그거라면 수업 시간에 다 말해줬네만."

'수업 시간?'

"기억나지 않나? 형사소송법을 강의할 때 가족의 생계를 책임진 가장의 무죄를 입증한 비결."

"판사의 시각에서 변론을 준비하라?"

"그렇네. 재판은 판사가 갑, 재판정은 판사의 영토. 하지만 변호사들은 그걸 자주 잊어버리지. 때로는 어쭙잖은 정의감이라는 방패를 꺼내 들기도 하고."

"아……."

"판결은 판사가 내린다네. 변론이 아무리 아름다우면 뭐 할까? 판사의 마음에 들지 않으면 넋두리와 소음에 지나지 않는걸."

"그렇군요."

"이제는 자리를 잡은 것 같으니 터득을 했겠지만 잘하는 사람 것을 배우면 좋네. 소장을 잘 쓰는 변호사, 변론의 타이밍을 아는 변호사, 거기에 더해 승소 기록. 내 생각이지만 그것들은 돈 안 드는 스승이라네."

황태승의 목으로 바지락 국물이 넘어갔다. 창규도 스승을 따라 그릇째 들고 마셨다.

후르륵후르륵!

개운했다. 목이 개운했다. 마음도 개운했다.

판사의 시각!

창규의 가려운 곳을 제대로 긁어준 처방이었다.

변호사는 그걸 망각한다. 그래서 때로 패소라는 부메랑을 얻어맞는다. 내가 아무리 열변을 토한다고 해도 70% 이상의 확률로 판사의 공감을 자아내지 못하면…….

패소.

그걸 카리스마적 변론이니 정의 실현이니 하는 환상에 사로잡혀 망각하는 것이다.

재판은 판사가 갑. 재판정은 판사의 영토.

창규는 스승의 진리를 뼈에 새겼다.

사무실 이전을 앞둔 날, 창규는 권일범을 만나기로 했다. 직원들 월급날이기도 했다. 책상을 정리하며 창규가 봉투 세 개를 꺼냈다. 봉급은 계좌로 꽂았지만 다른 게 있었다.

"사무장님."

"퇴근하시게요?"

"다들 그만하고 가세요. 늦었잖아요?"

창규가 미혜와 상길을 돌아보았다.

"그렇잖아도 나갈 참이었어요."

미혜가 상글거리며 대답했다.

"이거……."

창규가 사무장에게 봉투를 내밀었다.

"뭐예요?"

"차비 조금씩 담았어요. 사무실 이전 준비로 고생도 하셨고 또 다음 주가 연휴고……."

"변호사님……."

"많지 않아요. 사무장님은 아이 동화책이나 몇 권 사주시고 상길 씨는 여친하고 공연이나……."

"저는요?"

미혜가 손을 들고 나섰다.

"미혜 씨는 반짝 여행 좋아하니까 홍콩이나 일본 같은 데 무박 2일로 다녀오든지."

"우와, 거금 100만 원."

봉투를 본 미혜 입이 쫙 벌어졌다. 상길도 물론이었다.

돈 봉투.

누구나 좋아한다. 질리지도 않는다. 하지만 전에는 이걸 하지 못했다. 명절이나 5일 연휴 같은 게 오면 어디론가 숨고 싶었다. 직원들이 대놓고 요구하는 것도 아니지만 귀에 메아리가 울렸다.

봉투 주세요.

보너스 없어요?

다른 데는 성과금 잔치라던데.

그때는 잘 몰랐다. 긴 연휴나 명절에 왜 그런 게 필요한지. 그런데 돌아보니 창규도 그랬었다. 어쩌다 괜찮은 소송 한 건을 올렸을 때, 명절이나 긴 연휴가 올 때. 대표 변호사에게 기대감이 있었다.

그렇다고 매번 퍼 돌릴 생각은 없었다. 돈이란 정당한 대가를 치러야 한다. 직원들은 이달에 대가를 받을 자격이 있었다. 평상시보다 애를 많이 쓴 것이다.

"고맙긴 한데, 변호사님."

사무장이 고개를 들었다.

"말씀하세요."

"보너스를 챙기기엔 우리 사무실 수임 건수가 너무 적어요."

"걱정 마세요. 곧 확 늘려줄 테니까."

"그럼 변호사 한 분 더 모시는 거예요?"

사무장은 감이 좋다. 일의 맥락을 아는 것이다.

"어쩌면……."

"와아, 잘 생각하셨어요. 그렇잖아도 빗발치는 수임을 다 거절하기도 힘들었는데."

"들어들 가세요. 사무실 이전하고 새 변호사 오게 되면 그때 다시 한번 거하게 뭉치자고요."

"네에!"

셋은 입을 맞춰 대답했다. 나쁘지 않은 팀워크였다.

"선배님!"

권일범은 약속 장소인 참치집 예약실에 미리 나와 있었다.

"벌써 온 거야?"

창규도 늦지는 않은 편, 자리에 앉으며 인사를 건넸다.

"간만에 약속이 잡히니 설레어서 조금 일찍 왔습니다."

"하핫, 누가 들으면 애인이라도 만나는 줄 알겠네."

"사실 애인보다 일자리가 더 중요하더라고요."

"응?"

"많이 놀았잖아요. 선배님처럼 잘나가는 분은 제 마음 이해 못 하세요."

"내가 잘나가?"

"지금 장안의 화제 아닙니까? 우리 동기들도 단톡방에서 선배님 얘기만 해요. 대오 각성한 절대 강자의 출현이라고. 덕분에 학교 위상도 조금 올라갔답니다."

"말이라도 고맙지만 나, 권 변 마음 이해해."

"예?"

"나도 백수 시절 길었어. 이력서 넣어놓고 전화 붙들고 살던 시절. 스팸 전화라도 오면 가슴이 무너지던 시절."

"선배님도요?"

"왜 이래? 나도 막변에 블랙의 길 걸었다고 안 그랬어? 육경욱에게 소개시켜 줄 때."

"그때는 그냥 하는 말씀인 줄 알고……."

"그때 불면증에… 살도 빠지고… 아, 진짜……."

"그 말 들으니 더 존경스럽네요. 바닥 찍고 대박 치신 거잖아요."

"존경은 무슨… 일단 먹으면서 얘기하자고."

참치가 들어오기 시작했다. 이 집에서 가장 좋은 메뉴로 시켰다. 1인분에 150,000원이었다. 참치의 때깔이 선명했다. 주방장이 장난을 친 게 아니라면, 참치는 색깔이 싱싱해야 한다. 칙칙한 빛깔이 나면 선도가 떨어지는 것이니 비린내가 날 수도 있었다.

"이야, 비주얼 죽이는데요?"

세팅된 참치를 본 권일범이 반색을 했다.

"많이 먹어. 대신 술은 적당히."

술은 사케를 들였다. 다이긴죠니 긴죠니 하는 건 고려하지 않고 주방장의 추천에 맡겼다.

"선배님."

잔을 든 일범이 창규를 바라보았다.

"왜?"

"이렇게 대접해 주시는 거 보니 저 데려가려는 거죠?"

"응?"

"아닌가요?"

"맞아. 지금 내가 주제넘게 권 변 면접 보고 있는 거야."

"정말요?"

권일범은 잔을 내려놓고 자세를 바로 했다. 면접관 앞의 그 자세였다.

"됐어. 우리끼리 뭘……."

"아닙니다. 사막에도 파도가 있는 법……."

"괜찮다니까. 나 황 교수님 만났어."

"어, 교수님이 서울 오셨어요?"

"세미나에서 주제 발표 하신 모양이더라고. 거기서 권 변 애기도 나왔지."

"에구, 그럼 저는 탈락이군요. 저 황 교수님에게 별로 잘 보이지 못했는데……."

"권 변 뒷조사한 거 아니야. 내가 파트너 변호사 들일 자격이 있는지 여쭤본 거지."

"에? 무슨 말씀을……."

"무슨 말 하려는지 알아. 하지만 별 볼 일 없던 내가 조금 주목받으면서 같이 일할 변호사를 들이려니 부담이 되는 거야."

"……."

"내가 과연 권 변을 품을 수 있을지… 이끌고 갈 능력은 있는지……."

"……."

"이런저런 고민을 토로했더니 교수님이 뭐라고 하셨는지 알아?"

"뭐라고……?"

"별걱정 다 하네, 라고 하셨어."

"예?"

"변호사는 다 알아서 큰다는 거야. 그러니 무슨 도제식 제자 들이듯 생각하지 말라고. 어떻게 생각해?"

"절반은 공감합니다."

"진짜?"

"제가 육경욱 변호사님 밑에서 제대로 굴렀잖습니까? 사실 저도 거기 처음 갔을 때는 선배 변호사님들이 트레이닝시키면서 차근차근 업무를 지도할 줄 알았습니다. 하지만 현실은 다르더라고요."

권일범의 눈빛이 헐렁해졌다. 그건 창규도 공감이었다. 창규의 막변 시절도 그랬다. 대우만 뒤처지지 업무는 알아서 해야 했다.

"흐음, 우리 제법 통하는 데가 있는데?"

"그렇죠?"

"그때 나는 수중 다이버로 진리를 깨달았어."

"수중 다이버요?"

"지인 중에 다이버 사진작가가 있어. 금융 공사 들어갔다가 지겹다고 일 때려치우고 태국 끄라비 끝으로 날아가 날마다 바닷속 풍경만 찍어대는 여자. 어쩌다 여름휴가로 거기 갔다가 만났거든. 수중 사진작가가 되려면 수영이 우선이냐고 물었더니 고개를 저었어. 수영이 아니라 '절제'라는 거야."

"반전이군요."

"수영보다 산소통의 잔존 산소량이 더 중요하다는 거지. 지상의 그 어떤 멋진 바닷속 풍경도 수영이 아니라 잔존 산소가 결정한다는 거야."

"이야, 대박 의미심장한데요?"

"그런 의미에서?"

창규가 손을 내밀었다. 일범은 짝 소리가 나도록 손바닥을 마주쳤다.

"권 변."

"예?"

"솔직히 말해서 나 별 볼 일 없어. 육경욱에게 들어서 알 거 아냐? 1승 68패."

"……."

"하지만 이제 조금씩 발전해 나가고 있어. 그래서 도와줄 사람이 필요해."

"선배님……."

"나 좀 도와줘. 육경욱처럼 피만 빨아먹지는 않을게."

"선배님……."

"연봉은 하위권 로펌 정도로는 맞춰줄 거야. 같이 한번 미쳐볼래? 때로는 돈에, 때로는 정의에, 또 때로는 일에……."

"선배님!"

들고 있던 권일범이 벌떡 일어섰다.

"빼찌?"

"아, 아닙니다. 감격해서 그럽니다."

"감격?"

"면접 보러 가면 다들 제 아킬레스건 씹기 바빴거든요. 출신 대학 별 볼 일 없네, 스펙도 없네, 성적도 상위권 아니고… 이 정도 가지고는 우리랑 일하기 곤란한데 하면서……."

"……."

"제가 도합 열일곱 군데의 면접을 봤지만 인간 대접 받은 건 선배님이 처음입니다. 부탁인데 저 써주십시오. 로펌 수준의 연봉도 필요 없습니다. 별 볼 일 없지만 선배님 밑에서 열심히 한번 해보겠습니다."

"허락은 권 변이 하는 거야. 지금 내가 부탁하고 있잖아?"

"선배님!"

목메인 한마디로 둘의 의기투합은 성사되었다. 더는 말이 필요 없는 장면이었다.

"내일 사무실 이전하거든. 육경욱이 쓰던 사무실로 옮기면서 실내 정리 좀 했어. 연휴 잘 쉬고 월요일부터 출근해. 자리 배정 해둘 테니까 마음에 안 들면 말하고. 알았지?"

"고맙습니다. 선배님."

"자, 그만 가볼까? 집에서 승하가 기다려서 말이야."

"선배님……."

권일범의 목은 여전히 잠겨 있었다. 너무 감격해하니 창규 목까지 메어왔다. 변호사라고 별종이 아니다. 변호사가 쏟아져 나오면서 더러는, 인간적인 대우에 목마른 사람도 많았다. 권일범도 그중 하나였다. 창규는 좋은 선택을 했다는 생각이 들었다. 그도 각고의 시절을 보냈다. 이제는 포텐이 터질 시기도 되었다.

'오늘 한 일…….'

머리 위에 매우 만족, 만족, 보통, 불만, 매우 불만족이라는 메뉴를 띄우고 하나를 골랐다. 당연히 '매우 만족'이었다.

『승소머신 강변호사』 3권에 계속…